Kerstin Sundh

Das wundersame Bild

Aus dem Schwedischen
von Birgitta Kicherer

Die Deutsche Bibliothek – CIP-Einheitsaufnahme

Sundh, Kerstin:
Miranda / Kerstin Sundh. Aus dem Schwed. von Birgitta Kicherer. – München : F. Schneider.

Bd. 3. Das wundersame Bild. – 1992
 ISBN 3-505-04413-X

© 1992 by Franz Schneider Verlag GmbH
Frankfurter Ring 150 · 8000 München 40
Alle Rechte vorbehalten
© 1988 by Kerstin Sundh
First published 1989 by Norstedts Förlag, Stockholm
Originaltitel: MIRANDA OCH DEN UNDERBARA TAVLAN
Übersetzung aus dem Schwedischen: Birgitta Kicherer
Titelillustration: Anna Walfridson
Lektorat: Vera Fiebig
Herstellung: Brigitte Matschl
Satz: FIBO Lichtsatz GmbH, München
Druck: Presse-Druck, Augsburg
ISBN: 3-505-04413-X

Das Versprechen

Neue Tapeten waren nicht genug. Wenn einem ein großes schönes Zimmer versprochen worden war, taugte ein Kabuff neben der Küche herzlich wenig, selbst wenn die Wände mit noch so schönen Blumenranken überzogen waren.

„Dein Zimmer ist wie eine Gartenlaube", sagte Mama, als sie reinschaute. „Man kann den Duft nach Blumen und grünen Blättern förmlich riechen."

Miranda dagegen nahm nur den üblichen Geruch wahr – nach ungelüfteter Stube und angebranntem Essen. Aber das hätte sie sich ja gleich denken können. Niemand vergaß so leicht wie Mama.

„Ein großes Mädchen braucht ein richtiges Zimmer", hatte sie damals gesagt, als Miranda versprochen hatte, bei ihr zu bleiben. Damals, als Mama geweint hatte, weil Otto bei seinem Vater wohnen wollte. Obwohl Miranda fast schon beschlossen hatte, zu ihrer richtigen Mutter nach Oberkirschberg zu ziehen, hatte sie versprochen, Mama nicht zu verlassen.

Mama hatte sich natürlich darüber gefreut. Sie hatte Tapeten gekauft und gekleistert und tapeziert und gestrichen. Und als alles fertig gewesen war, hätten sie die Zimmer tauschen sollen. Mama hätte ins Küchenkabuff ziehen sollen und Miranda in die Kammer. Doch da schien Mama plötzlich keine Lust mehr zu haben.

„Erst müssen wir ein Weilchen ausruhen", hatte sie gesagt, „und die Tapeten und die Farbe ordentlich trocknen lassen."

Inzwischen trocknete es schon viele Wochen lang. Trockener konnte es nicht mehr werden. Aber Mama blieb in der Kammer und Miranda im Kabuff. Und Mama freute sich schon längst nicht mehr über Miranda. Sie hatte immerzu Heimweh nach Otto und seufzte so jammervoll, daß einem die Tränen kommen konnten.

„Früher ging es hier im Haus lustig zu", sagte Mama eines Tages. „Otto brachte Schwung in die Bude. Jetzt wird hier nur noch Trübsal geblasen."

„Aber Otto kommt doch manchmal zu Besuch", wandte Miranda ein. „Eigentlich ist er ziemlich oft hier. Besonders lustig geht es dann allerdings auch nicht zu. Er gibt nur damit an, wie gut er und Albert es haben. Neue Möbel in der Wohnung und tolles Werkzeug in der Schreinerwerkstatt."

Mama schnaubte verächtlich. „Diese verflixte Schreinerwerkstatt! Die hat Otto den Kopf verdreht. Nie im Leben wird Otto Schreiner. Ich kenne ihn.

Der braucht einen beweglichen Beruf."

„Soll er etwa mit den Kesselflickern durch die Gegend ziehen?" bemerkte Miranda.

„Red nicht so hochnäsig daher!" fuhr Mama sie an. „Kesselflicker ist ein freier, spannender Beruf. Da ist man an der frischen Luft und kommt mit vielen Leuten zusammen."

„Das tun Schreiner auch", sagte Miranda. „Die Schreinerwerkstatt ist immer voller Leute, die Möbel und Reparaturen bestellen. Albert und Otto haben jede Menge Arbeit."

„Diese Schreinerwerkstatt macht mich noch ganz krank", sagte Mama. „Otto ist nicht der einzige, der andauernd davon quasselt. Du bist fast noch schlimmer. Treibst dich bei jeder Gelegenheit dort unten rum. Da hast du doch gar nichts verloren. Albert ist nicht dein Vater."

„Das weiß ich. Aber er ist lieb. Ich mag Albert. Und ich fühle mich bei ihnen wohl. Du solltest auch dorthin ziehen. Albert würde sich freuen."

Mama bürstete gerade Kartoffeln. Jetzt wurde sie so wütend, daß sie die Kartoffeln ins Wasser pfefferte und das Wasser überschwappte.

„Halt gefälligst den Mund!" schrie sie. „Hab ich nicht ein für allemal gesagt, daß ich dieses Haus niemals verlassen werde? Und mit Albert, diesem Holzkopf, werd ich nie zusammenziehen, damit du's nur weißt... Wenn nur der ganze Bettel in Flammen aufginge – die Wohnung, die Schreinerwerkstatt und der ganze Mist!"

Miranda starrte Mama an. Wie konnte sie so etwas

Entsetzliches sagen! Sie begann zu weinen.

„Warum heulst du?" fragte Mama. „Was gibt's denn da zu plärren?"

„Du sagst so schreckliche Sachen. Da krieg ich Angst ..."

„In seinem eigenen Haus wird man wohl noch sagen dürfen, was man will."

„Nein, das darf man nicht." Miranda stand auf und ging raus. Auf der Treppe blieb sie stehen und überlegte, wo sie hin sollte. Hier daheim war alles so trostlos. Wenn sie nur nach Oberkirschberg ziehen könnte, zu ihrer richtigen Mutter! Aber das konnte sie nicht. Ein Versprechen muß man halten. Allerdings war Mama dadurch kein bißchen fröhlicher geworden. Otto hätte daheim bleiben sollen, das war es. Wenn Otto geblieben wäre, hätte es Mama nichts ausgemacht, daß Miranda ausgezogen wäre. Otto, der immer so fröhlich und guter Dinge war, wie Mama behauptete.

Jetzt kam Mama auf die Treppe raus. Wie es ihre Art war, hatte ihre Laune sich schlagartig verändert. Sie lächelte Miranda an.

„Entschuldige", sagte sie. „Du verstehst doch, daß ich bloß Spaß gemacht hab. Ich meine nicht, was ich sage. Man kann schließlich nichts dafür, wenn man ab und zu schlechter Laune ist. Das liegt daran, daß wir so wenig Geld haben. Albert gibt mir nichts mehr, seit er nicht mehr für Otto bezahlen muß. Ich muß mich jetzt nach einer Arbeit umschauen, damit wir ein festes Einkommen haben."

„Ich kann auch arbeiten", erklärte Miranda.

„Und Kleider krieg ich von Lovisa. Sie ist ja meine Mutter ..."

Plötzlich sah Mama wieder wütend aus. „Von dort nehmen wir keine Almosen an", sagte sie. „Es ist ausgemacht, daß ich deine Mutter bin. Und dafür habe ich ein für allemal Geld bekommen. Von Oberkirschberg kommt mir kein Geld mehr ins Haus, denk dran."

Miranda ließ den Kopf hängen. „Aber Lovisa macht es Freude, mir Sachen zu schenken", sagte sie. „Sie hat doch sonst niemand, dem sie was schenken kann. Und ich freue mich, wenn Lovisa mir Sachen schenkt."

„Damit ist jetzt Schluß", sagte Mama. „Morgen geh ich in die Stadt und erkundige mich bei der Arbeitsvermittlung. Wir werden ohne Hilfe über die Runden kommen. Und du hörst mir damit auf, bei fremden Leuten rumzurennen. Wenn du nicht gerade in Oberkirschberg bist, steckst du bei Albert. Von mir aus kannst du dir eine Arbeit suchen, aber diese Herumrennerei hat jetzt ein Ende."

Und damit ging Mama wieder ins Haus und schloß die Tür hart hinter sich.

Ordnung muß sein

Otto saß am Küchentisch. Es war fast wie früher. Mama strahlte geradezu vor Glück. Sie kramte in der Speisekammer, wollte irgendwas Leckeres auftischen. Allerdings würde sie kaum etwas finden. Auf dem Eselsberg war Schmalhans Küchenmeister geworden. Bratkartoffeln und altes Preiselbeermus war alles, was sie anzubieten hatte.

„Wenn ich wenigstens gebacken hätte", seufzte Mama. „Mehl hab ich noch. Aber man kommt ja zu nichts. Ich muß ja von früh bis spät in der Stadt herumrennen. Arbeitsplätze sind dünn gesät, das kann ich euch sagen. Und jede beliebige Stelle will man ja auch nicht annehmen."

„Warum wirst du nicht Haushälterin bei Albert und mir", schlug Otto vor.

„Nie im Leben!" fauchte Mama. „Glaubst du etwa, ich hab vor, Alberts Dienstmagd zu werden? Solche Arbeit finde ich jederzeit, aber da bleib ich lieber hungrig."

Miranda seufzte. Mama konnte leicht sagen, daß sie lieber hungrig bleibe. Aber sie hungerte nicht alleine. Mirandas Magen knurrte oft vor Hunger, aber sie traute sich nicht, nach Oberkirschberg zu gehen und zu erzählen, daß sie Hunger hatte. Das wäre wie Betteln. Lovisa würde traurig werden, wenn sie wüßte, daß ihre Tochter hungern mußte. Und Mama würde wütend werden, wenn sie wüßte, daß Lovisa es wußte.

„Ich bin nicht zum Essen hergekommen", sagte Otto. „Man kann doch auch nur so einen Besuch machen. Und außerdem möchte ich darüber sprechen, wie ich eigentlich heiße."

„Wie du heißt!" schrie Mama fast. „Du heißt Otto, und sonst nichts. Wieso mußt du das überhaupt fragen?"

„Der Nachname", sagte Otto. „Wenn ich bei Vater wohnen soll, brauche ich denselben Namen wie er. Vater heißt Albert Söderman. Das ist ein guter Nachname. Klingt besser als Jönsson."

Mama sank auf einen Stuhl. „Herrje", seufzte sie. „Was muß man sich noch alles anhören, bevor einem die Ohren abfallen! Als ob Jönsson nicht gut genug wäre, nachdem es so viele Jahre gut genug für dich war!"

„War es nicht eine Zeitlang auch Bengtsson?" fragte Otto. „Du selbst hast ja so manche Namen gehabt, da kann sich kein Mensch mehr auskennen ... Bengtsson und Jönsson und Julia und Elvira und Viran. Da dreht sich einem ja der Kopf. Ordnung muß sein. Wie heißen wir wirklich?"

Mama verdrehte die Augen. „Ist das der einzige Grund, warum du deine alte Mutter besuchen kommst? Um mir wegen irgendwelcher Namen Schwierigkeiten zu machen ..."

„Vater will sich hier anmelden und will mich dann gleich mit anmelden. Da brauchen wir ein und denselben Namen. Und ich weiß ja nicht einmal, wie ich heiße ..., und eigentlich auch nicht, wie du heißt."

„Mein Name ist Julia Elvira Jönsson-Bengtsson", sagte Mama. „So und nicht anders. Mein Vater hieß Jönsson, und meine Mutter Bengtsson, und sie waren nicht verheiratet. Aber als sie zusammenzogen, nahm meine Mutter den Namen Jönsson an, und ich hieß mal so und mal so, je nachdem, ob sie sich gestritten hatten oder nicht. Ganz einfach. Mein Vater wollte, daß ich Julia heißen sollte, und meiner Mutter gefiel Elvira besser. Als meine Mutter starb, entschied ich mich für Jönsson. Aber zur Erinnerung an meine Mutter nannte ich mich Elvira. Elvira Jönsson, das ist mein Name, daß ihr's nur wißt. Und daran ist nichts auszusetzen."

„Für mich schon", wandte Otto ein. „Ich hab keine Lust, so eine Menge Namen mit mir herumzuschleppen. Ab jetzt heiße ich Söderman ..., Otto Söderman. Albert wollte, daß ich dir das sage."

Mama begann zu weinen. „Nicht einmal das bleibt mir", schluchzte sie, „daß meine Kinder so heißen dürfen wie ich. Und dabei bin ich es doch, die euch großgezogen und ernährt hat. Das ist der Dank ..."

„Heul nicht", sagte Otto. „Hauptsache, wir sind da. Spielt doch keine Rolle, wie wir heißen."

„Warum willst du dann deinen Namen ändern, wenn es keine Rolle spielt?" fragte Mama.

„Jetzt reden wir nicht mehr darüber", sagte Otto. „Wie soll Miranda übrigens heißen?"

„Ich heiße Miranda und hab nicht vor, einen anderen Namen anzunehmen."

„Und dein Nachname?" fragte Otto. „Du hast doch zwei Mütter."

„Meinen Nachnamen werde ich nicht ändern", sagte Miranda leise.

Daran hatte sie bisher nie gedacht. Lovisa war ihre richtige Mutter, und Kinder sollten so heißen wie ihre Eltern. Sie hätte Miranda Malm heißen können. Das klang eindrucksvoll. Miranda Malm von Oberkirschberg.

Mama sah sie mißtrauisch an. „Na, was brütest du schon wieder aus?" fragte sie ärgerlich. „Hast vielleicht auch vor, deinen Namen zu ändern?"

Miranda schüttelte den Kopf. Ihr war noch ein Gedanke durch den Kopf gegangen. Wie hieß eigentlich ihr Vater? Wenn Otto vorhatte, den Namen seines Vaters anzunehmen, könnte sie das ja auch tun. Aber das waren dumme Gedanken, die hatten keinen Sinn. Nicht einmal Lovisa wußte, wo Mirandas Vater war. Am besten, man ließ alles so, wie es war. Miranda Jönsson war gut genug.

Sie stand auf. „Ich geh raus", sagte sie. „Vielleicht finde ich irgendwo Walderdbeeren. Die sind jetzt wahrscheinlich reif. Das gibt einen besseren Nachtisch als altes Preiselbeermus. Wenn Otto bleibt, lade ich ihn dazu ein."

Otto stand ebenfalls auf. „Laß nur. Ich esse bei Vater. Er kocht gar nicht schlecht."

„Um so besser, dann braucht ihr ja keine Dienstmagd", sagte Mama.

„Wenn du willst, bist du jederzeit willkommen", sagte Otto. „Das soll ich dir von Vater ausrichten.

Sag ihr, daß sie bei Albert und Otto Söderman willkommen ist, hat er gesagt. Und Miranda auch ... Platz genug ist da."

Und damit verschwand Otto.

Oberkirschberg

Miranda half Lovisa, im Hühnerhof Eier einzusammeln. Es war herrlich, in die Nester zu schauen und große, schöne Eier zu finden. Miranda legte sie vorsichtig in den Korb.

„Ein Glück, daß ich so gute Legehennen habe", sagte Lovisa. „Das ist eine zuverlässige Einnahmequelle."

Miranda sah Lovisa verwundert an. Darüber hatte sie sich noch nie Gedanken gemacht. Wovon lebte Lovisa eigentlich? Hatte sie so viel eigenes Geld, daß sie keins zu verdienen brauchte? Sie besaß keine Kühe und hatte keine Landwirtschaft. Lovisas Land war an einen Bauern verpachtet. Bezahlte dieser Bauer so viel Geld, daß es für Lovisas Lebensunterhalt reichte?

Miranda wollte fragen, wagte es aber nicht. Wenn Lovisa Sorgen hatte, zog sie es vor, es nicht zu wissen.

Aber Lovisa hatte ein feines Gespür.

„Irgendwas geht dir im Kopf herum", sagte sie, als sie neben Miranda den Hof überquerte. „Was möchtest du mich fragen?"

Erst als sie in die Küche kamen, wagte Miranda zu fragen. „Mama sucht gerade Arbeit", sagte sie. „Mußt du jetzt auch arbeiten gehen? Oder reicht das Eiergeld für dein Essen?"

Lovisa ließ sich mit ihrer Antwort Zeit. Zuerst sortierte sie die Eier der Größe nach und legte sie in die Speisekammer. Dann setzte sie sich Miranda gegenüber an den Küchentisch.

„Das ist eine schwierige Frage", sagte sie. „Ich habe schon oft darüber nachgedacht. Das Eiergeld reicht nicht. Und die Pacht, die ich von Mattson kriege, auch nicht. Ich brauche noch zusätzliche Einnahmen. Wie du weißt, webe ich ziemlich viel. Doch auch das reicht nicht. Von meinem Vater habe ich etwas Geld geerbt, aber das brauche ich für Reparaturen und den Unterhalt des Hauses. Das Haus verfällt so nach und nach. Seit mein Vater krank wurde, ist nichts mehr daran gemacht worden. Und er war lange krank."

Miranda sank in sich zusammen. Sie wollte nicht, daß es mit Oberkirschberg irgendwelche Probleme gab. Sie hatte schon genügend Probleme, sie brauchte keine zusätzlichen. Auf dem Eselsberg gab es immer Probleme. Oberkirschberg sollte über so etwas erhaben sein. Oberkirschberg sollte wie ein Märchenschloß sein. In Märchenschlössern wurde nie über Geld für Essen und Kleidung gesprochen. Dort gab es alles, was man brauchte.

Lovisa lächelte ihr zu. „Mach kein so erschrockenes Gesicht, mein Schatz", sagte sie. „Noch komme ich über die Runden. Aber irgendwann einmal wird vielleicht die Rede davon sein müssen, Oberkirschberg zu verkaufen."

„Nie!" schrie Miranda fast. „Oberkirschberg muß es immer geben. Du mußt immer hier wohnen."

„Oberkirschberg wird es auch weiterhin geben, auch wenn ich nicht hier wohne", sagte Lovisa.

„Dann ist es nicht mehr Oberkirschberg", sagte Miranda. „Warum willst du Oberkirschberg verkaufen?"

„Das will ich gar nicht, aber vielleicht werde ich es müssen. Oberkirschberg gehört nicht nur mir. Wir sind drei Geschwister, und es gehört uns gemeinsam. Mein Bruder, der Uhrmacher, Harrys Vater. Und in Stockholm hab ich auch einen Bruder. Wenn ich auf Oberkirschberg bleiben will, muß ich meinen Brüdern ihren Anteil bezahlen! Zwei Drittel vom Preis des ganzen Hofes. Das ist viel Geld, und so viel habe ich nicht. Und Geld leihen ist teuer. Da muß man hohe Zinsen bezahlen. Ja, mit Oberkirschberg habe ich so meine Schwierigkeiten, wie du siehst."

Miranda traten fast die Tränen in die Augen. Das war ja entsetzlich! Sie begann, diese Brüder zu verabscheuen. Was fiel denen ein, von Lovisa zu verlangen, daß sie eine Menge Geld bezahlen sollte! Daß sie ausziehen sollte! Sie von Oberkirschberg zu verjagen ...

„Du hast aber wirklich dumme Brüder", sagte sie. „So was sollte verboten sein."

Lovisa streckte die Hand aus und strich Miranda über den Kopf. „Meine Brüder sind nicht dumm", sagte sie. „Sie haben ganz recht. Wenn die Eltern gestorben sind, erben alle drei Geschwister gleich viel. Es wäre doch ungerecht, wenn einer allein alles erben würde. Ich muß meine Brüder ausbezahlen. Die Frage ist nur, woher ich das Geld nehmen soll. Vielleicht sollte ich einen reichen Mann heiraten?"

„Nie!" schrie Miranda wieder. „Du sollst überhaupt nie heiraten. Mit Männern hat man nichts als Schereien, das sagt Mama immer. Alleine hast du es viel besser. Außerdem hast du ja mich ..."

„Du wohnst ja nicht einmal bei mir, obwohl ich soviel Platz habe."

„Ich möchte es ja", flüsterte Miranda. „Aber ich hab Mama doch versprochen ..."

„Ich weiß. Ich wollte dich auch nicht traurig machen. Irgendwann kannst du vielleicht trotzdem zu mir ziehen. Es kann noch viel passieren. Und noch ist Oberkirschberg nicht verkauft. Das kommt schon irgendwie in Ordnung."

„Aber nicht dadurch, daß du heiratest. Versprich mir das!"

„Das kann ich nicht versprechen, verstehst du das nicht? Vielleicht lerne ich ja jemand kennen, den ich gern habe. Bin ja immerhin noch nicht uralt. Und abstoßend häßlich bin ich vielleicht auch nicht gerade."

Miranda sah Lovisa an. Nein, abstoßend häßlich war sie wirklich nicht. Eher schön, obwohl sie nicht mehr jung war. Bestimmt gab es jemand, der Lovisa gern heiraten würde. Vielleicht irgendein alter Knakker, der so viel Geld hatte, daß Lovisa auf Oberkirschberg bleiben konnte. Aber das wollte Miranda auch nicht. Das wäre ja fast so, als ob der böse alte Vater zurückgekehrt wäre. Dann könnten Lovisa und sie sich vielleicht nur noch heimlich treffen. Der reiche Alte würde Miranda nicht ausstehen können. Er würde Lovisa für sich alleine haben wollen.

„Ich hasse diesen alten Kerl", sagte Miranda.

„Welchen alten Kerl?" Lovisa war aufgestanden, um am Herd zu hantieren. Offensichtlich hatte sie vergessen, worüber sie gesprochen hatten.

„Diesen reichen alten Knacker, den du heiraten wirst ..."

„Was redest du denn da! Ich heirate doch keinen alten Knacker, nur um reich zu werden. Wenn ich heirate, muß ich in den Mann verliebt sein. Und ich hab doch kein Wort davon gesagt, daß es ein alter Knacker sein wird."

„Wenn er Geld hat, muß er doch reich sein. Bist du in jemand verliebt?"

„Unsinn ..., aber vielleicht gibt es da einen, der sich Hoffnungen macht."

„Sag ihm, daß das keinen Sinn hat", beharrte Miranda. „Ich werd versuchen, mir was auszudenken, damit du nicht heiraten mußt. Damit du Oberkirschberg trotzdem behalten kannst."

„Wir werden uns schon was einfallen lassen, du und ich", sagte Lovisa und schob noch ein paar Holzscheite in den Herd. „Und es hat keine Eile. Meine Brüder und ich sind noch am Überlegen. Das wird schon irgendwie klappen. Aber jetzt wollen wir erst mal essen. Noch brauchen wir auf Oberkirschberg nicht zu hungern."

Eine Sommerschule?

Die Sommerferien wurden ganz und gar nicht erholsam und friedlich. Miranda hatte keine Ruhe. Daheim wollte sie nicht sein. Nirgends fühlte sie sich so einsam wie auf dem Eselsberg, nachdem Mama jetzt endlich eine Arbeit gefunden hatte. Eine Arbeit, die sie eigentlich verabscheute.

„Aber man kann schließlich nicht verhungern", sagte sie. „Hätte man keine Kinder zu versorgen, ginge es ja noch. Ich selbst schlage mich immer durch."

Also schien es Mirandas Schuld zu sein, daß Mama eine unerfreuliche Arbeit hatte. „Mich brauchst du nicht zu versorgen", sagte Miranda.

„Ausgemacht ist ausgemacht", sagte Mama. „Und jetzt habe ich wenigstens eine Arbeit. Aber schäbige Kellnerin in einer Kneipe ist ja nicht gerade das, was ich mir erträumt hatte."

„Was soll das heißen – schäbig?"

„Sei kein solcher Wortklauber!" fuhr Mama sie an. „Das heißt gar nichts. Aber irgendwelche Saufköpfe in einer Kneipe zu bedienen ist eher eine Arbeit für Weibsbilder, die nichts vom Leben erwarten. Wenn es wenigstens das Stadthotel wäre. Da haben die Gäste noch Stil. Und ein anständiges Trinkgeld kriegt man da auch ..."

„Hast du es beim Stadthotel schon versucht?" fragte Miranda.

„Versucht und versucht ... Ich hab mich bei der Arbeitsvermittlung erkundigt. Aber da gab's nur eine glatte Abfuhr. Ausbildung wird da verlangt, daß ich nicht lache ... Ausbildung, um mit einem Tablett durch die Gegend zu rennen ... Wenn man bedenkt, wie oft ich bei den verschiedensten Anlässen bedient habe, bei privaten Feiern und Festen. Und zwar in den besten Häusern, bei feineren Herrschaften als im Stadthotel. Aber ich hab keine Zeugnisse. Was heißt das schon, ein Zeugnis? Ein paar Wörter auf einem Fetzen Papier. Irgendein albernes Gewäsch. Aber das braucht man nun mal, wenn man eine anständige Arbeit haben will."

„Kannst du denn kein Zeugnis kriegen? Vom Goldschmied, zum Beispiel ..."

„Könnte ich schon. Hab aber keine Lust, mich dort anzubiedern und um etwas zu bitten. Jetzt ist es so, wie es ist, und wir brauchen wenigstens nicht zu hungern."

Also begab sich Mama jeden Tag in die Stadt. In einer Bierkneipe fängt der Tag nicht früh an. Sie brauchten keinen Wecker, um aufzustehen. Aber dafür wurde es abends oft spät. Obwohl die Abende jetzt im Sommer hell waren, fürchtete Miranda sich davor, alleine daheim im Bett zu liegen. Tagsüber war sie auch nicht gern allein. Daher wanderte sie jetzt noch mehr als sonst durch die Gegend.

Immer wieder zog es sie nach Oberkirschberg. Aber seit sie wußte, daß Lovisa ebenfalls Sorgen hatte, war es dort nicht mehr so schön wie früher.

Lovisa saß meistens am Küchentisch und schrieb

Zahlenreihen und rechnete und überlegte.

„Müssen deine Brüder dieses Geld unbedingt haben?" wollte Miranda wissen. „Kommen sie nicht auch so zurecht?"

„Alle wollen Geld haben. Und das ist ihr gutes Recht. Aber Bauer will keiner werden. Wer soll dann den Hof übernehmen? Mein Bruder in Stockholm hat eine erwachsene Tochter. Und mein Bruder, der Uhrmacher, hat ebenfalls nur ein Kind. Du kennst ja Harry. Ich kann mir nicht vorstellen, daß Harry hier auf Oberkirschberg Bauer werden will. Er läßt sich nie hier blicken."

„Er hatte Angst vor deinem Vater."

„Vor deinem Großvater ... Ja, vor ihm hatten wir alle Angst. Deshalb haben seine Söhne den Hof auch so schnell wie möglich verlassen. Wahrscheinlich werden wir den Hof doch verkaufen müssen. Ich kann mir in der Stadt eine Wohnung nehmen. Eine Wohnung, die groß genug ist für den Webstuhl. Vielleicht ziehst du dann zu mir. Wir könnten es schön haben in der Stadt, du und ich."

Ja, Miranda konnte es sich durchaus vorstellen, daß Lovisa und sie es in einer Wohnung in der Stadt schön haben könnten. Aber trotzdem ... Lovisa ohne Oberkirschberg – das konnte sie sich einfach nicht vorstellen.

Sie saßen lange schweigend am Tisch. Lovisa kritzelte ihre Zahlen. „Eine Möglichkeit gibt es vielleicht", sagte sie schließlich.

„Kein reicher alter Knacker", sagte Miranda böse.

„Möglicherweise ein reicher alter Knacker, der es

sich leisten kann, Wald zu kaufen", sagte Lovisa. "Man kann Wald verkaufen. Zum Hof gehört ziemlich viel Wald. Allerdings ist es immer schade, Wald zu verkaufen."

Miranda interessierte sich kein bißchen für Wald. Sie interessierte sich ausschließlich für das Haus selbst.

"Verkauf den Wald!" sagte sie. "Verkauf soviel Wald wie möglich. Im Wald verirrt man sich sowieso nur."

"Unsinn", sagte Lovisa. "Ohne Wald ist der Hof weniger wert."

"Das macht nichts", sagte Miranda. "Verkauf den Wald. Hauptsache, du kannst auf Oberkirschberg bleiben. Weißt du schon jemanden, der kaufen will?"

"Du klingst ja schon wie ein richtiger Waldhändler, wie einer, der mit dem Wald Geschäfte macht. So einfach ist das alles nicht. Meine Brüder kommen nächste Woche hierher. Ich kann nichts allein entscheiden."

"Wenn du Oberkirschberg behältst, will ich Bäuerin werden", sagte Miranda. "Gleich wenn ich mit der Schule fertig bin, fang ich an. Eine Kuh reicht wohl für den Anfang, bis ich richtig melken gelernt hab."

"Ach, Miranda, was bist du für ein liebes Kind", sagte Lovisa und sah sie mit frohen Augen an. "Ich glaube dir. Und ich bin überzeugt, daß du eine gute Bäuerin wirst. Und melken werde ich dir auch beibringen. Allerdings habe ich mir für dich eine andere Zukunft vorgestellt."

„Was denn für eine?"
„Ich möchte, daß du auf die Oberschule gehst und mehr lernst als in der Volksschule."
„Das klappt nie im Leben. Ich bin doch strohdumm. Und ich kann viel zuwenig. Man muß eine Unmenge Prüfungen machen, um reinzukommen. Und ich bin in keinem einzigen Fach gut. Und übrigens ist es zu spät. Die Prüfungen waren schon im Frühling. Ich kenne eine, die hat die Prüfung gemacht und ist reingekommen – Gull von *Ellen-Hill*. Die Tochter des Doktors. Und sogar Gull mußte vorher ganz fürchterlich büffeln, mit einer Gouvernante ..."
„Kindchen", unterbrach Lovisa sie. „Jetzt hol mal Luft. Du entwickelst ja ein unglaubliches Mundwerk. Ich hab mich gründlich erkundigt, das darfst du mir glauben. Vor der Aufnahmeprüfung kannst du fast noch zwei ganze Monate lernen. Man darf die Prüfung auch im Herbst machen. Ich kenne einen Lehrer, der versprochen hat, dreimal in der Woche mit dir zu lernen, und bilde dir ja nicht ein, daß du dumm bist!"
Miranda saß wie erstarrt da. Ihr drehte sich der Kopf. Sollte sie etwa den ganzen Sommer in die Schule gehen? Das wollte sie nicht!
„Ich hatte eigentlich vor, mir eine Arbeit zu suchen", sagte sie.
„Damit mußt du warten, bis du mit der Schule fertig bist", sagte Lovisa. „Ich bin trotz allem deine richtige Mutter. Und ein klein wenig möchte ich auch über mein Kind bestimmen. Ich möchte, daß meine

Tochter eine gute Schulbildung erhält. Ich selbst mußte die Schule vorzeitig verlassen, und das habe ich immer sehr bedauert. Am liebsten würde ich auch mit dir bei diesem Lehrer Unterricht nehmen."

Miranda ließ den Kopf hängen. Sie hatte überhaupt keine Lust, im Sommer bei irgendeinem Lehrer Unterricht zu nehmen. Und in die Oberschule wollte sie auch nicht. In der Oberschule waren alle Kinder eingebildet und hochnäsig.

Aber vielleicht käme sie dann mit Gull in eine Klasse. Gull würde in der ersten Oberschulklasse anfangen, die Prüfung in die zweite hatte sie nicht geschafft. Und Gull wollte gern Mirandas Freundin sein, das hatte sie gesagt.

„Mach kein so trauriges Gesicht", sagte Lovisa. „Eines Tages wirst du mir dankbar sein. Und dein Lehrer ist sehr lieb und soll sehr gut unterrichten. Herr Bengtsson heißt er."

„Ich werd's versuchen", sagte Miranda. „Aber du darfst nicht böse sein, wenn dieser Herr Bengtsson feststellt, daß ich Stroh im Kopf hab."

„Ich versprech dir, daß ich nicht böse werde", sagte Lovisa. „Am Montag fängst du an."

Eine Mutter zuviel

„Das ist ja wohl das Letzte", sagte Mama. „Kommt überhaupt nicht in Frage ..."

Es war Samstag abend. Mama saß in der Küche und hatte die Füße in einen Zuber mit Wasser gestellt. Das war gut gegen müde Füße. Und als Bedienung in einer Kneipe bekommt man müde Füße.

Miranda saß auf dem Küchensofa und starrte auf den Boden. Sie hatte sich an den Gedanken gewöhnt, bei Herrn Bengtsson Unterricht zu nehmen. Sie hatte angefangen, von der Oberschule und neuen Freunden zu träumen. Vielleicht waren die Kinder in der Oberschule ja doch nicht so eingebildet. Vielleicht waren sie viel netter als Mirandas bisherige Mitschüler.

„Aber Lovisa hat es schon mit Herrn Bengtsson vereinbart", sagte Miranda. „Sie will, daß ich ganz viel lernen soll."

„Immerhin bin ich deine Mutter", sagte Mama. „Du wohnst bei mir, und Lovisa hat nichts zu melden. Eine hochnäsige Person, das ist sie! Jetzt will sie aus dir so einen vornehmen Fratz machen. Das paßt nicht zu uns hier auf dem Eselsberg. Richte das deiner vornehmen Lovisa gefälligst aus."

„Aber wenn ich es will ..."

„Dein Wille sitzt in einer Birke im Wald", sagte Mama.

Das hatte sie schon immer gesagt, wenn Miranda nicht dasselbe wollte wie sie, und es bedeutete, daß Mama einen Birkenzweig nehmen und Miranda damit schlagen konnte, bis sie nachgab. Aber inzwischen war Miranda zu groß, um Prügel einzustecken. Wenn Mama das jetzt versuchen sollte, würde Miranda sich wehren. Zumindest glaubte sie das. Sie wollte es lieber nicht darauf ankommen lassen.

„Am Montag um zwölf muß ich bei Herrn Bengtsson sein", sagte Miranda.

Mama stampfte, daß das Wasser auf den Boden spritzte. „Am Montag kommst du mit mir in die Kneipe", sagte sie. „Du bist groß genug, um mir zu helfen. Siehst du denn nicht, wie meine Füße aussehen? Du kannst die Tabletts raustragen und in der Küche helfen, damit ich mich ab und zu etwas ausruhen kann."

Mamas Füße sahen fürchterlich aus. Beulen an den großen Zehen und auf den übrigen lauter Hühneraugen. Wenn man Mamas Füße ansah, konnte einem schlecht werden.

„Das kommt daher, weil du immer zu enge Schuhe trägst", sagte Miranda. „Und zu hohe Absätze. Ich renne viel mehr als du, aber solche Beulen krieg ich nie an die Füße."

Zuerst schien Mama aufstehen zu wollen. Vielleicht hatte sie vor rauszulaufen, um besagten Birkenzweig zu holen. Doch dann ließ sie sich wieder auf den Stuhl fallen und blieb mit gesenktem Kopf sitzen, den Tränen nahe.

Sofort begann Miranda, Mama zu bedauern. Mama konnte doch nichts dafür, daß sie immer arm gewesen war und sich immer nur hatte abrackern müssen.

„Soll ich deine Füße massieren", sagte Miranda, obwohl ihr bei dem Gedanken schlecht wurde.

„Jemand wie du interessiert sich doch nicht für meine Füße", sagte Mama. „Jemand, der es mir sogar mißgönnt, hübsche Schuhe zu tragen. Sorg du für dich und pfeif auf deine alte Mutter. Werd von mir aus ein hochnäsiges Fräulein in der feinen Oberschule. Zieh ruhig nach Oberkirschberg und werd eine vornehme Dame. Ich komme auch so zurecht."

„Lovisa ist keine feine Dame", wandte Miranda ein. „Sie ist eine ganz normale Bauerntochter. Und ich werde nicht nach Oberkirschberg ziehen. Das haben wir ja ausgemacht. Aber den Unterricht bei Herrn Bengtsson, den werde ich besuchen!"

„Nicht, solange du bei mir wohnst", sagte Mama. „Noch bestimme ich über dich."

Miranda hatte ein Gefühl, als müßte sie platzen. Sie wollte um sich schlagen und treten. Sie wollte Sachen sagen, die Mama so verdattert machten, daß sie den Mund hielt. Aber es war unmöglich, mit Mama zu diskutieren. Es war, als wenn man im Schlamm ausrutschte, man kam einfach nicht vom Fleck.

Miranda rannte an Mama vorbei, zur Tür hinaus. Sie brauchte Luft, hatte das Gefühl zu ersticken.

„Es müßte verboten sein, zwei Mütter zu haben!" schrie sie, als sie die Tür hinter sich zuknallte. „Niemand sollte über einen bestimmen dürfen, nur man selbst!"

Doch das hörte Mama nicht mehr.

Miranda blieb lange vor dem Haus stehen. Sie hatte keine Ahnung, wo sie hin sollte. Zu Lovisa wollte sie nicht. Die hatte jetzt sowieso schon so viele Sorgen. Oberkirschberg war nicht mehr wie früher. Langsam begann sie zur Stadt hinunterzugehen. Im Gehen kann man besser denken. Zwei Mütter sind eine zuviel, dachte sie. Zwei Müttern kann man nicht gehorchen. Nie hatte sie selbst etwas bestimmen dürfen.

„Ich will, ich will", flüsterte sie vor sich hin.

Allerdings wußte sie nicht so recht, was sie wollte. Eine Zeitlang lief sie durch die Stadt und schaute in die Schaufenster, ohne etwas zu sehen. Schließlich blieb sie in Alberts Straße stehen. Ihre Beine hatten sie hierhergeführt, ohne daß sie selbst es eigentlich gewollt hatte.

Sie betrat den Hof. Ganz hinten lag das Hinterhaus, in dem Alberts Wohnung und die Schreinerwerkstatt untergebracht waren. Im Flur roch es gut nach Holz. Rechts führte eine Tür in die Wohnung und links eine in die Werkstatt. Albert und Otto waren in der Werkstatt. Sie konnte ihre fröhlichen Stimmen hören.

Niemand reagierte auf ihr Klopfen, daher trat sie einfach ein. Die Schreinerei gefiel ihr. Der Boden lag voller Hobelspäne. An den Wänden waren verschieden lange Bretter aufgestapelt, und überall standen alte Möbelstücke herum und warteten darauf, repariert zu werden. Die Sonne schien durch ein staubiges Fenster. Albert und Otto merkten nicht, daß Miranda hereingekommen war. Sie standen vor einer braunen Kommode, die sie eingehend musterten.

„So ein altes Monstrum", sagte Otto.

„Ein schönes altes Monstrum", sagte Albert.

„Lohnt es sich überhaupt, das zu reparieren?" fragte Otto. „Es wäre doch besser, eine neue zu machen."

„Es wird wohl noch ein Weilchen dauern, bis du ein richtiger Schreiner bist", sagte Albert. „Ein richtiger Schreiner würde sehen, daß diese alte Kiste ihr Gewicht in Gold wert ist. Wir werden sie schon wieder auf die Beine bringen."

In diesem Moment erblickten sie Miranda. Sie schienen sich über ihren Besuch zu freuen.

„Du kommst gerade recht zum Kaffee", sagte Albert. „Otto, lauf zum Bäcker und kauf uns was Gutes. Ich stell solange den Kaffee auf."

„Ich kann den Tisch decken", sagte Miranda vergnügt.

Bei Albert fühlte sie sich wohl. Hier konnte sie alle Schwierigkeiten vergessen.

Willkommen zum Unterricht

Heute hatte Miranda ihre erste Unterrichtsstunde bei Herrn Bengtsson. Sie würde mehr lernen, als in ihrer alten Schule möglich war. Sie würde beinahe so werden wie die Orgelpfeifen, die Töchter des Doktors, die von einer Gouvernante unterrichtet wurden. Ihr war angst und bange. Wenn man die einzige

Schülerin war, fiel es natürlich viel mehr auf, daß man strohdumm war. Herr Bengtsson würde einen ganz schönen Schreck kriegen, wenn er soviel Dummheit gegenübersaß! Vielleicht würde er Lovisa auch sagen, es lohne sich nicht, in den Unterricht für einen solchen Schwachkopf überhaupt Geld reinzustecken.

Und Mama würde lachen und triumphieren: Das hab ich doch gleich gesagt. Es hat keinen Sinn, so zu tun, als wäre man was Besseres, so ein Extraunterricht für eine arme Rotznase vom Eselsberg lohnt sich einfach nicht.

Allerdings war Miranda eigentlich gar nicht arm. Wenn sie wollte, konnte sie in Oberkirschberg wohnen. Aber versprochen war versprochen. Sie würde nie vom Eselsberg wegkommen.

Miranda wanderte durch die Stadt. Mama war bei der Arbeit, allerdings war es fraglich, wie lange sie es noch in der Kneipe aushalten würde. Jeden Morgen jammerte sie und sagte, so eine Schinderei könne kein Mensch aushalten. Lieber würde sie ihren alten Schuppen auf dem Eselsberg verkaufen und heiraten. Aber bestimmt nicht Albert, diesen Langweiler. Es gibt so viele fesche Mannsbilder, sagte Mama. Ein gutaussehendes Frauenzimmer hat es nicht nötig, den Rest ihrer Tage allein zu verbringen.

Doch das waren nur Sprüche. Mama wollte in ihrem Häuschen bleiben. Und sie wollte frei sein und machen, was ihr in den Sinn kam. Und vor allem wollte sie mit den Kesselflickern auf den Putz hauen.

Der Weg zu Herrn Bengtsson war weit – weiter als

zur Schule. Er wohnte genau am entgegengesetzten Ende der Stadt in einem großen alten Holzhaus.

Als Miranda die knarrende Treppe raufstieg, war ihr bang. Auf dem Messingschild an der Tür las sie *S. Bengtsson*. Neben der Tür hing eine Kette mit einem Griff, offensichtlich war das die Klingel. Miranda zog an der Kette und hörte im Haus eine Glocke schellen.

Es dauerte eine Weile, bis die Tür von einer dicken Frau mit roten Backen und kleinen, hellen Augen geöffnet wurde. Sie lächelte, als sie Miranda sah. „Du bist wohl die neue kleine Schülerin, nehm ich an."

Miranda machte einen Knicks.

„Du mußt dich noch ein wenig gedulden. Mein Sohn empfängt dich bald. Er kommt morgens immer so schwer aus den Federn."

Zwölf Uhr ist nicht gerade Morgen, dachte Miranda. Jetzt stand sie in dem dunklen Flur und wartete. Am liebsten wäre sie davongerannt. Dieses alte Haus gefiel ihr gar nicht, es roch so schlecht nach Schweiß, ungewaschenen Kleidern, Essensmief und – ja, tatsächlich – nach Kesselflickern.

Im selben Augenblick, als Miranda sich aus dem Staub machen wollte, ging eine Tür auf. Das mußte der Lehrer, Herr Bengtsson, sein. Er war nicht so dick wie seine Mutter, hatte aber die gleichen hellen, kleinen Augen wie sie in einem blassen Gesicht. Offensichtlich war er eben erst aufgestanden. Er knöpfte gerade seine Jacke zu, hatte aber die Hosenträger vergessen, die hinten herabhingen.

Er lächelte Miranda genauso freundlich an wie seine Mutter. „Du bist früh dran, mein kleines Fräulein. Willkommen, willkommen. Tritt ein in den Unterrichtsraum."

Er machte die Tür weit auf, und Miranda trat ein. Seine Mutter war noch damit beschäftigt, sein Bett zu machen. Unterm Bett stand der Nachttopf. Miranda hoffte, daß die Mutter ihn raustragen würde, bevor der Unterricht begann.

Der Lehrer zeigte auf einen Tisch am Fenster. „Setz dich. Das hier ist deine Schulbank."

Er setzte sich ihr gegenüber hin und legte ein paar Papiere auf den Tisch.

„Wir fangen mit der Mathematik an", sagte er. „Das ist mein Lieblingsfach, neben der Grammatik ... Naa, wie ist dein Verhältnis zur Mathematik?"

„Ich hab gar keins. Zahlen kann ich nicht ausstehen."

„So, so ... Das ist aber bedauerlich. Was hast du denn gegen die Zahlen?"

„Sie wollen mir einfach nicht gehorchen. Sie bewegen sich so komisch in meinem Kopf."

„Das mußt du mir erklären."

„Irgendwie verschwinden sie ins Dunkel. Die ersten noch nicht, aber dann ... Bis zur Neun stehen sie im Licht. Dann biegen sie ab, rein in die Dunkelheit. Die Zwanzig sieht man kaum. Von zwanzig klettern sie rauf nach dreißig. Dann schlüpfen sie davon ..."

Herr Bengtsson beugte sich über den Tisch und musterte Miranda voller Interesse. „So eine seltsame Beschreibung von Zahlen hab ich noch nie gehört", sagte er. „Kannst du vielleicht ein Bild davon malen, wie diese Zahlen aussehen?" Er schob ihr ein Blatt Papier hin. Das gefiel ihr. Zeichnen konnte sie ganz gut.

Sie begann ganz unten in der rechten Ecke mit einer Eins. Dann schrieb sie die übrigen Zahlen bis neun in einer geraden Säule oberhalb der Eins. Danach machte die Zahlensäule einen scharfen Knick nach links und stieg langsam an, bis zur Zahl Zwanzig. Hier hörte das Papier auf.

„Weiter kann ich es nicht zeichnen", erklärte Miranda. „Ab hier verschwinden die Zahlen nach hinten in die Tiefe. So ein Papier gibt es nicht."

Mit gespanntem Interesse beobachtete der Lehrer, wie Miranda die Zahlen, die auf neun folgten, schraffierte.

„Das muß etwas mit deinem ersten Rechenunterricht zu tun haben", sagte er. „Als du nicht mehr folgen konntest, verkrochen sich die Zahlen in der Dunkelheit. Das werden wir ändern. Ich werde einen Mathematiker aus dir machen."

Herr Bengtsson war ein guter Lehrer. Er konnte alles so erklären, daß Miranda es verstand. Bereits nach der ersten Stunde fiel ein gewisses Licht auf die Zahlen bis zwanzig. Aber die Anordnung der Zahlen wollte Miranda nicht ändern. Die Eins mußte unten rechts stehen.

Auf dem Heimweg dachte sie, daß es Spaß machte, bei einer Gouvernante Unterricht zu haben – wenn man einen Lehrer als Gouvernante bezeichnen konnte.

Die Schreinerei A und O

Lovisa und Miranda schauten Kleiderstoffe an. Nicht weil Miranda unbedingt ein neues Kleid brauchte, sondern weil es Lovisa Spaß machte, ihre Tochter in einem hübschen Kleid zu sehen. Und sie fragte überhaupt nicht danach, was das Kleid kostete, erkundigte sich nicht einmal nach dem Preis, sondern wühlte vergnügt in den Stoffen. „Wie findest du den hier?"

Es war ein schöner Stoff. Grün mit weißen Blümchen. Miranda warf einen verstohlenen Blick auf den Preiszettel. Es war der teuerste von allen Stoffen, die sie angeschaut hatten. „Kannst du dir das leisten?" flüsterte sie.

„Darüber brauchst du dir nicht den Kopf zu zerbrechen", sagte Lovisa. „Dieser Stoff paßt zu deinen Augen. Er macht sie ganz grün."

„Hab ich grüne Augen? Ich hab immer geglaubt, ich hätte blaue."

„Blaugrün, wenn man genau sein will. Nun, was findest du?"

„Sehr schön. Aber du mußt doch für das Haus sparen."

Lovisa lachte. Es klang so, als hätte sie noch nie etwas von irgendwelchen Problemen gehört. „Ich kann es mir leisten", sagte sie. „Wollen wir diesen Stoff nehmen?"

Miranda nickte. Der Stoff war wunderschön. Und inzwischen war es ohnehin zu spät, die Verkäuferin hatte nämlich bereits damit begonnen zu schneiden.

„Wir gehen gleich nach Hause und fangen mit dem Nähen an", sagte Lovisa. „Ich freue mich schon darauf, dich in diesem Keid zu sehen."

„Bei welcher Gelegenheit soll ich es anziehen?" fragte Miranda.

„Wann immer du Lust hast. Man braucht nicht unbedingt einen festlichen Anlaß, um Kleider zu tragen, die man gern hat."

Sie gingen durch die Stadt. Miranda trug das Paket mit dem grünen Stoff. Es war ein herrlicher Tag. Die Sonne schien, und alle Sorgen waren davongeflogen.

An einer Straßenecke begegneten sie Albert. Miranda erkannte ihn kaum wieder, so fein sah er aus. Ein weißes Hemd und graue Hosen – wie ein fremder Herr kam er ihr vor. Seine Nase wirkte kleiner, und der Schnurrbart schien ebenfalls geschrumpft zu sein. Er lächelte, als er sie sah, und seine Zähne leuchteten strahlendweiß unter dem dunklen Schnurrbart. Miranda fragte sich, ob es tatsächlich seine eigenen oder ob es künstliche waren. Sie würde Otto danach fragen. Der wußte es bestimmt. Beinahe alle Erwachsenen, die sie kannte, hatten Schwierigkeiten mit den Zähnen. Entweder sie waren kaputt, oder es waren gekaufte.

Albert bemerkte Miranda kaum, er sah nur Lovisa an. Und das, was er sah, schien ihm zu gefallen.

„Das hier muß Ottos Vater sein", sagte Lovisa

und gab ihm die Hand. Sie schaute ihn an.

Albert nahm ihre Hand und hielt sie für Mirandas Geschmack viel zu lange fest. „Und das hier wird wohl Mirandas Mutter sein", sagte er.

Es gefiel Miranda gar nicht, daß sie so dastanden und sich anlächelten.

„Wir sind nach Oberkirschberg unterwegs, und dort wollen wir mir ein Kleid nähen", erklärte sie. „Wir haben es eilig."

„Ganz so eilig wird es doch nicht sein", sagte Albert. „Bestimmt könnt ihr vorher noch bei uns reinschauen. Otto hat soeben einen Rosinenkuchen in den Backofen geschoben. Wir haben heute nämlich Grund zum Feiern, Otto und ich. Und daher haben wir uns den Nachmittag frei genommen."

„Darf man erfahren, was gefeiert wird?" fragte Lovisa und nahm endlich ihre Hand aus Alberts Hand.

„Unsere Namen und unser neues Wohnzimmersofa. Jetzt heißen wir beide Söderman, das haben wir schriftlich. Otto und Albert Söderman. Na, was sagt ihr dazu?"

„Klingt gut", lächelte Lovisa. „Nicht wahr, Miranda?"

Miranda nickte, obwohl es sie kein bißchen interessierte, wie Albert und Otto mit Nachnamen hießen.

„Und außerdem haben wir eine Firma gegründet", fuhr Albert fort. „Die *Schreinerei A und O.*"

„Das muß selbstverständlich gefeiert werden", sagte Lovisa.

„Wir würden uns freuen, wenn ihr mit uns feiern

wollt", sagte Albert. „Sonst sind es nur Otto, ich und die Nachbarkatze."

„Gern, danke", sagte Lovisa. „Ich freu mich schon auf den Kaffee. Du doch auch, nicht wahr, Miranda?"

Miranda nickte wieder, obwohl sie am liebsten direkt nach Oberkirschberg weitergegangen wäre. Irgendwas an dieser Bekanntschaft paßte ihr nicht. Es war verkehrt, daß Albert und Lovisa so froh aussahen, wenn sie einander anschauten. Außer Mama durfte Albert niemand so mit den Augen anstrahlen. Und Lovisa sollte sich nur für den einen interessieren, in den sie vor langer Zeit mal verliebt gewesen war. Der so gut zeichnen konnte und der Mirandas Vater geworden war. Der inzwischen bestimmt ein Künstler war – ein Maler.

Miranda mußte ihn bald finden, bevor es zu spät war.

Das Bild

In Miranda lebte eine Sehnsucht, die sich nicht erklären ließ, die kein Mensch verstanden hätte. Sie konnte es sich selbst kaum eingestehen, daß sie sich nach allem sehnte, was schön war. Nach etwas anderem als einer ollen Küche und einem Kabuff zum Schlafen. Sie sehnte sich nach großen, hellen Zimmern mit weichen Teppichen und schönen Möbeln. Sie sehnte sich nach der Stille, die in einem großen

Haus herrscht, wo alle sich ruhig bewegen und niemand laut spricht.

Miranda fand keine Worte für das, wonach sie sich sehnte. Aber sie wußte, wo das Schöne zu finden war. Oberkirschberg war auf seine Art schön, und *Ellen-Hill* wieder auf eine andere Art. Heute sehnte sie sich nach dem schönen großen Haus des Doktors, in dem die drei Mädchen wohnten – die Orgelpfeifen. Besonders leise sprachen die Mädchen zwar nicht, Miranda konnte ihre Piepsstimmen nicht ausstehen, und die Mädchen mochte sie auch nicht besonders gern. Aber im Herbst würde Gull vielleicht ihre Klassenkameradin werden, wenn Herr Bengtsson es schaffte, Miranda alles beizubringen, was für die Aufnahmeprüfung nötig war. Miranda wollte Gull besuchen und ihr von Herrn Bengtsson und seinem Unterricht erzählen.

Heute zog sie ihr schönes neues Kleid an, als sie zu Herrn Bengtsson ging. Anschließend hatte sie vor, nach *Ellen-Hill* zu gehen. Sie wollte genauso fein aussehen wie die Mädchen dort.

Der Unterricht fiel kürzer aus als üblich. Herr Bengtsson fühlte sich nicht wohl. Er war blasser als sonst und blieb auf dem Bett liegen, während er Miranda schwierige Wörter diktierte. Rechtschreiben war Mirandas Stärke, daher waren sowohl Herr Bengtsson als auch sie selbst zufrieden, als die Stunde zu Ende war.

Anschließend ging sie auf dem kürzesten Weg zum Haus des Doktors. Vor dem großen Gartentor zögerte sie. Alles wirkte so still und ruhig. Im Garten war kein Mensch zu sehen. Das Haus sah unbewohnt aus. Waren sie etwa alle verreist? Gull hatte erzählt, daß sie im Sommer immer ans Meer fuhren.

Langsam ging sie auf das Haus zu. Wie immer war sie unschlüssig, welcher Eingang der richtige war. Der Eingang zur Praxis des Doktors war es diesmal gewiß nicht. Miranda war nicht krank. Und der Kücheneingang kam auch nicht in Frage. Heute wollte sie den Haupteingang benützen, heute war sie so fein, daß dies der einzig richtige Eingang war.

Sie läutete. Es dauerte eine Zeitlang, bis jemand kam und aufmachte. Es war das Hausmädchen, die fröhliche, freundliche Johanna.

„Herrjemine, du siehst aber fein aus heute", sagte Johanna. „Bist du irgendwo eingeladen?"

„Ich möchte Gull besuchen."

„Die sind doch an der Westküste. Letzte Woche sind sie abgereist."

Miranda war schrecklich enttäuscht. Sie mußte unbedingt trotzdem in das Haus. Eigentlich war es ja das Haus, das sie besuchen wollte. Die Menschen waren ihr nicht so wichtig, Hauptsache, sie durfte in ihrem schönen Kleid durch die Zimmer gehen. Hinter Johanna konnte sie ins Eßzimmer schauen. Sie sah die hohen Fenster mit den schweren, goldfarbenen Vorhängen, die schönen, glänzenden Möbel, den dicken Teppich. Sie mußte einfach hinein.

Sie machte einen Schritt auf Johanna zu und versuchte, an ihr vorbeizuschlüpfen. Aber Johanna dachte nicht daran, fremde Kinder ins Haus zu lassen. Breitbeinig und mit ausgestreckten Armen hielt sie Miranda zurück. „O nein, Fräuleinchen, hier kommst du nicht rein."

„Nur ganz kurz", bat Miranda. „Laß mich im Flur stehen und gucken."

„Was willst du denn angucken?"

„Alles! Es ist so schön hier. Und ich werde nichts berühren. Nur ganz still stehenbleiben. Bitte, Johanna ..."

„Hast du dich deshalb so fein gemacht? Um ins Haus reinzukommen?"

„Ja, ich hab ein neues Kleid an."

Johanna lachte. „Das seh ich. So ein verrücktes Huhn! Zieht ihr Sonntagskleid an, nur um ins Haus reinkommen und gucken zu dürfen. Von mir aus ... Aber daß du mir nichts anfaßt!"

Miranda trat ein paar Schritte in den Flur hinein und schnupperte. Es roch nach schönen Dingen. So konnte es nur in einem vornehmen Haus riechen. Johanna stand hinter ihr, bereit, sie sofort zu packen und an die Luft zu befördern.

Miranda ging auf die Tür zum Eßzimmer zu.

„Keinen Schritt weiter", sagte Johanna. „Du mußt im Flur bleiben."

„Ich will ja nur an der Tür stehen."

„Wenn du was anfaßt, bin ich verloren", sagte Johanna.

„Keine Angst. Ich schau ja nur."

Inzwischen stand Miranda drin im großen Eßzimmer. Sie sah die hohen Stühle an, die um den Tisch standen. Unglaublich! An diesem Tisch hatte sie schon ein paarmal mit der ganzen feinen Familie zusammengesessen und gegessen. Damals hatte sie sich so sehr davor gefürchtet, etwas falsch zu machen, daß sie sich keine Zeit gelassen hatte, all das Schöne anzuschauen.

Plötzlich stand der Doktor in der Tür und sah sie erstaunt an.

„Krieg ich Besuch?" sagte er. „Bist du denn krank?"

Miranda schüttelte erschrocken den Kopf.

Johanna tauchte in der Flurtür auf. „Die Kleine hat sich einfach reingedrängt", erklärte sie. „Ich konnte sie nicht daran hindern."

„Na, was willst du?" fragte der Doktor.

„Nur schauen ... Ich hab mein neues Kleid an. Und die Schuhe hab ich auch geputzt. Ich mach bestimmt nichts schmutzig."

Der Doktor lachte. „Liebes Kind, natürlich darfst du dich umschauen. Und schmutzig machst du nichts, das weiß ich. Was möchtest du denn sehen?"

„Alles", sagte Miranda. „Ich möchte durch alle Zimmer gehen."

Der Doktor begleitete sie von Zimmer zu Zimmer. Es war wie an Heiligabend. Wie wenn man morgens aufwacht und die geschmückte Stube sieht. Hier war es jeden Tag wie an Heiligabend. Die Möbel glänzten. Überall standen Gegenstände, die viel schöner waren als die blaue Schale, das einzig Schöne, was Miranda besaß. In einem Zimmer waren alle Wände von Bücherregalen bedeckt. Das war die Bibliothek. So viele Bücher gab es kaum in der richtigen Bücherei in der Stadt.

Neben einem großen Lehnstuhl war eine Lampe

angemacht, und auf einem Tischchen daneben lag ein aufgeschlagenes Buch. Offensichtlich hatte der Doktor hier gesessen und gelesen. Zwischen zwei Fenstern hing ein großes Bild an der Wand. Miranda blieb vor dem Bild stehen und schaute es lange an. Es war ein seltsames Bild. Ein Zimmer war darauf abgebildet, das genauso schön war wie dieses hier. Ein ziemlich dunkles Zimmer mit einer offenen Tür, die in das Zimmer dahinter führte. Und dort stand noch eine weitere Tür offen. Und dahinter noch eine Tür. Eine Reihe Türen öffnete sich in ein weit, weit hinten gelegenes Zimmer.

Man konnte in das Bild reingehen und alle Zimmer durchwandern, bis man in das innerste Zimmer kam, das einzige helle Zimmer. Man sah zwar keine Fenster, aber irgendwo mußte die Sonne reinströmen, das ganze Zimmer war nämlich goldgelb. Und mitten in dem hellen Licht saß ein junges Mädchen mit gesenktem Kopf, das vielleicht mit einer Handarbeit beschäftigt war, vielleicht las es auch in einem Buch. Das Mädchen hatte etwas Geheimnisvolles an sich.

Miranda kamen fast die Tränen. In ihr entstand etwas wie Musik, und ihr wurde ganz weich und warm zumute.

Der Doktor hatte sich in den Lehnstuhl gesetzt und blieb lange schweigend sitzen.

„Gefällt dir das Bild?" fragte er schließlich.

Es dauerte, bis Miranda antworten konnte. Gefallen war viel zuwenig. Für das, was sie sagen wollte, gab es keine Worte.

„Ich hab noch nie so was Schönes gesehen", sagte sie. „Man möchte weinen, obwohl man froh ist."

„Ich verstehe, was du meinst", sagte der Doktor. „Wenn ich dieses Bild anschaue, habe ich ein ähnliches Gefühl. Man kann sich nie daran satt sehen. Unzählige Male habe ich dieses Zimmer zu dem Mädchen durchquert. Sie ist genauso geheimnisvoll wie Mona Lisa, wenn du weißt, wer das ist."

„Das weiß ich nicht."

„Mona Lisa ist ein Gemälde, das in Paris in einem Museum hängt. Ein großer Künstler hat es gemalt. Über dieses Mädchen haben sich schon viele Leute den Kopf zerbrochen. Niemand weiß, warum sie lächelt. Es ist das rätselhafteste Lächeln der Welt."

„Das Bild möchte ich gern mal sehen", sagte Miranda.

„Ich hoffe sehr, daß du das einmal darfst", sagte der Doktor.

„Der Maler, der dieses Bild hier gemalt hat, ist der ein genauso großer Künstler?"

„Berühmt ist er nicht", antwortete der Doktor. „Vor mehreren Jahren war er hier in der Stadt und hatte eine Ausstellung. Dieses Bild fiel mir sofort auf."

„Wie hieß er?"

„Das hab ich vergessen. Und der Name ganz unten auf dem Bild ist unleserlich. Irgendwann werde ich versuchen rauszufinden, wer er war. Damals war er noch ziemlich jung, vielleicht ist er nie ein großer Künstler geworden."

Ein seltsamer Gedanke schoß Miranda durch den Kopf. Ihr wurde fast schwindlig. Vielleicht war dieser

Künstler ihr Vater. Vielleicht war aus dem Mann, der einen Sommer lang in Lovisas Wald gearbeitet hatte, ein Künstler geworden.

„Vielen Dank, daß ich reinkommen durfte", sagte Miranda. „Und vielen Dank, daß ich das Bild anschauen durfte."

„Du bist jederzeit willkommen", sagte der Doktor und nahm sein Buch in die Hand.

Auf dem Heimweg hätte Miranda am liebsten gesungen. Sie war sich beinahe sicher.

Es war ihr Vater, der das wunderbare Bild gemalt hatte.

Der Holzhacker

Auf dem Holzplatz von Oberkirschberg stand ein Mann und hackte Holz. Miranda hörte die Axthiebe von weitem, als sie den Weg entlangkam. So klang es nie, wenn Lovisa hackte. Das hier waren kräftige, rasche Hiebe. Miranda blieb innerhalb des Hoftores stehen und sah den Holzhacker an. Ihr wurde sofort klar, daß sie ihn verabscheute. Sie wußte, wer er war – das war natürlich der reiche Kerl, der Oberkirschberg für Lovisa retten sollte. Jetzt stand er hier und versuchte sich durch Holzhacken einzuschmeicheln.

Miranda wäre am liebsten zu ihm hingegangen, um ihm zu sagen, daß er aufhören und nach Hause gehen sollte. Hier auf Oberkirschberg lohnte es sich nicht, sich einzuschmeicheln. Lovisa würde keinen

Mann heiraten, bloß weil er ihr Holz hackte.

Aber natürlich wagte Miranda es nicht, das auszusprechen. Statt dessen ging sie zum Holzplatz rüber, stellte sich hin und starrte den fremden Mann an. Schön war er nicht. So einen häßlichen Kerl würde Lovisa bestimmt nicht nehmen. Mager und kantig war er, mit dünnen, blonden Haaren. Seine Augen lagen tief unter hellen, struppigen Augenbrauen. Er hackte und hackte und merkte gar nicht, daß Miranda dastand und ihn anschaute. Schließlich räusperte sie sich.

Er unterbrach sein Hacken und wischte sich den Schweiß von der Stirn. Dann lächelte er. „Aha, du bist also Miranda. Von dir habe ich schon viel gehört."

Miranda antwortete nicht. Was konnte er schon von ihr gehört haben? Was hatte Lovisa erzählt?

„Lovisa ist in die Stadt gegangen", fuhr der Holzhacker fort. „Du kannst ja solange ins Haus gehen und auf sie warten."

„Ich warte hier draußen."

„Von mir aus", sagte er und hackte weiter.

Rings um den Holzhacker häufte sich das Holz. Die Tür zum Schuppen stand offen. Dort drin lag das Holz schön säuberlich an der einen Wand entlang gestapelt.

„Ich kann das Holz in den Schuppen tragen", schlug Miranda vor.

„Nett von dir", sagte er. „Wirf es einfach rein, dann kann ich es nachher stapeln."

„Ich kann selbst Holz stapeln", sagte Miranda.

„Wenn ich es stapele, brauchst du nicht so lange zu bleiben."

„Aha, du willst mich wohl loswerden?"

„Dann wird's für Lovisa billiger. Bezahlt sie dich stundenweise?"

Sie war mit einem Armvoll Holz in den Schuppen unterwegs und hörte, wie er hinter ihr lachte. Sie warf das Holz auf den Boden, hob dann ein Scheit nach dem anderen auf und legte sie ordentlich auf den Holzstoß. Dann ging sie hinaus, um die nächste Ladung zu holen.

Er hackte, ohne sie anzuschauen. Bald hatte er alle gesägten Klötze gespalten, die auf dem Holzplatz lagen. Danach müßte er anfangen zu sägen. Hinten beim Kuhstall lagen schon lange, schmale Stämme bereit. Hoffentlich wollte er heute nicht weiterarbeiten.

„Lovisa kann ihr Holz gut selbst hacken", sagte Miranda. „Es ist nicht nötig, daß du das machst. Und beim Sägen kann ich ihr helfen. Wir halten die Säge an je einem Ende. Das haben wir schon oft gemacht."

Das entsprach zwar nicht ganz der Wahrheit. Bisher hatte Miranda die Säge nur ein einziges Mal halten dürfen. Lovisa hatte Angst, daß sie sich verletzen könnte, und sägte daher lieber allein.

Der Holzhacker hatte die Augenbrauen gerunzelt. Jetzt lachte er nicht mehr. „Was fällt dir ein?" sagte er. „Willst du mich etwa wegschicken? Gönnst du es Lovisa nicht, daß ich ihr helfe? Begreifst du denn nicht, daß es für eine alleinstehende Frau schwer ist, auf einem so großen Hof zu leben? Sie hat im Laufe ihres Lebens ohnehin schon so schwer arbeiten müssen."

„Lovisa hat mich", erklärte Miranda. „Sie braucht sonst keine Hilfe. Und außerdem ist sie arm. Vielleicht kann sie es sich gar nicht leisten, deine Hilfe zu bezahlen. Du brauchst nicht zu glauben, daß Oberkirschberg ihr allein gehört ..."

Jetzt sah der Holzhacker richtig wütend aus. Miranda raffte ein paar Scheite an sich und beeilte sich, im Schuppen zu verschwinden. Dort blieb sie lange stehen und wartete, bis die Axthiebe wieder regelmäßig und ruhig klangen. Dann stellte sie sich in die Tür.

Er warf ihr einen ärgerlichen Blick zu. „Aha, du glaubst also, ich sei hinter Lovisa her, weil ich Oberkirschberg haben möchte. Du bist ja ganz schön unverschämt ..."

Miranda wollte antworten. Doch statt dessen stieß sie einen Schrei aus. Etwas Schreckliches war geschehen. Er hatte gehackt, ohne auf den Hackklotz zu schauen, weil er Miranda angesehen hatte. Und plötzlich spritzte Blut über den Hackklotz. Er hatte sich in die Hand gehackt.

Miranda schrie und schrie. Der fremde Mann steckte die verletzte Hand unter den anderen Arm und klemmte sie fest. An seinem Hemd floß Blut herab.

„Hör mit dem Geschrei auf", sagte er. „Hol lieber ein Handtuch ..."

Miranda stürzte davon. Sie wimmerte vor sich hin. Es war ihre Schuld. Sie hatte ihn geärgert! „Lieber

Gott, hilf!" schluchzte sie. „Lieber Gott, es war meine Schuld. Schick schnell einen Erwachsenen her. Das hier schaffe ich nicht allein."

Sie raffte ein Handtuch an sich, das neben dem Spültisch hing. Ganz sauber war es zwar nicht, aber sie konnte kein anderes finden. Als sie zurückkam, saß der Mann auf dem Hackklotz. Ohne sie anzuschauen, riß er das Handtuch an sich und versuchte, es um die Hand zu wickeln. Er war sehr blaß.

„Hilf mir, es festzuziehen", forderte er Miranda auf.

Miranda zog aus Leibeskräften. Tränen strömten ihr über die Wangen. „Bitte, verzeih mir", flüsterte sie.

„Du hast mir doch nicht in die Hand gehackt", sagte er mit einem schiefen kleinen Lächeln. „Aber jetzt geht dein Wunsch ja in Erfüllung. Es wird eine gute Weile dauern, bis ich Lovisa wieder helfen kann."

„So hab ich es nicht gemeint. Aber ich hab dich geärgert. Du hast dich darüber aufgeregt, und dann hast du dir in die Hand gehackt."

„Lauf rasch zum Nachbarhof rüber und bitte sie, mit Pferd und Wagen herzukommen. Ich muß ins Krankenhaus und genäht werden."

Miranda rannte los.

Er rief hinter ihr her: „Du brauchst dir nicht einzubilden, daß ich auf Oberkirschberg aus bin. Lovisa würde ich nehmen, selbst wenn sie eine Bettlerin wäre."

Aber Miranda stellte sich taub. Er sollte sich überhaupt nicht für Lovisa interessieren. Sie wollte ihn nie mehr sehen.

Ein guter Nachbar

Miranda stand mitten auf dem Hof und blickte hinter dem Wagen her, der zum Tor rausfuhr. Der Holzhacker saß zurückgelehnt auf dem Rücksitz. Der Bauer Mattsson trieb das Pferd schnalzend an. Sie mußten schnellstens zum Arzt, bevor der Holzhacker verblutete. Das Handtuch war rot von Blut.

Miranda schluchzte laut. Wenn er jetzt starb, dann war es ihre Schuld. Und was würde Lovisa sagen? Womöglich war sie in den Mann verliebt? Langsam begann Miranda auf die Stadt zuzutrotten. Sie wollte Lovisa nicht treffen. Wie sollte sie erklären, daß sich ein tüchtiger Holzhacker einfach in die Hand gehackt hatte? Sie weinte die ganze Zeit vor sich hin und merkte gar nicht, daß die Leute, die ihr entgegenkamen, sie verwundert anschauten. Eine freundliche Frau fragte, ob sie Hilfe brauchte. Aber Miranda schüttelte nur den Kopf und ging weiter.

Sie war das unglücklichste Mädchen auf der ganzen Welt. Was sie auch machte, immer gab es Schereien. Sie könnte genausogut tot sein. Als sie an den Tod dachte, mußte sie noch mehr weinen.

Da kam ihr Lovisa entgegen, die einen Korb und eine große Tasche schleppte. Als sie Miranda erblickte, setzte sie ihre Bürde ab. „Aber Kindchen, was ist denn?" fragte sie. „Was ist passiert? Warum weinst du?" Lovisa schloß Miranda in die Arme. Es war wundervoll, das Gesicht an Lovisas Schulter lehnen zu dürfen und einfach zu weinen.

„Nun, erzähl schon", sagte Lovisa. „Du machst mich ja ganz unruhig. Ist deiner Mutter etwas zugestoßen?"

Miranda schüttelte den Kopf.

„Bist du in Oberkirschberg gewesen? Ist dort etwas passiert?"

Miranda nickte.

„Jetzt mußt du aber damit rausrücken", sagte Lovisa beinahe streng. „Wir können schließlich nicht den ganzen Tag hier stehenbleiben."

Sie ließ Miranda los und nahm Korb und Tasche wieder auf. „Du kannst mich begleiten und unterwegs erzählen, was los ist."

„Es war der Holzhacker", flüsterte Miranda.

„Was, Anders? Das ist doch der friedlichste Mensch auf der Welt! Hat der dir irgendwas getan?"

„Nein, ich hab mich schlecht benommen. Ich hab geglaubt, daß er dich heiraten will ..."

„Jetzt versteh ich gar nichts mehr. Warum sollte er mich heiraten wollen? Und wenn – warum weinst du dann?"

„Ich hab was Dummes zu ihm gesagt. Und da hat er sich geärgert."

„Das mußt du schon ausführlicher erklären", sagte Lovisa. „Was hast du gesagt?"

„Ungefähr, daß er sich nicht bei dir einschmeicheln soll ..., oder so was ..."

Lovisa ging lange schweigend neben Miranda her. „Daß du was Dummes gesagt hast, ist mir klar", sagte sie endlich. „Aber daß es so dumm war, daß du deshalb weinen mußt, das verstehe ich nicht. Hat er sich denn so entsetzlich aufgeregt, dieser gutmütige Mensch?"

Jetzt begann Miranda wieder zu schluchzen. „Er verblutet vielleicht. Er hat sich in die Hand gehackt."

Lovisa begann zu rennen. „Liegt er etwa auf dem Holzplatz und verblutet dort?" rief sie. „Und du sagst mir nichts davon? Er muß sofort zum Arzt!"

„Wahrscheinlich ist er schon dort. Mattsson hat ihn gefahren. Ich hab ein Handtuch darum gebunden, und dann hab ich Mattsson geholt."

„Na, so ein Glück! Du hast mich ganz schön erschreckt."

Das letzte Stück nach Oberkirschberg gingen sie schweigend nebeneinanderher. Das Tor stand weit offen, die Tür zum Holzschuppen ebenfalls. Die Axt lag neben dem Hackklotz auf der Erde. Miranda bildete sich ein, sowohl auf der Axt als auch auf dem Klotz Blut zu sehen.

Lovisa ging schnell über den Hof zum Haus. „Du hättest wenigstens die Tür zumachen können", sagte sie.

„Ich hab an gar nichts mehr gedacht", erklärte Miranda. „Hab einfach alles vergessen, weil ich mir solche Sorgen um den Holzhacker machte. Aber wenigstens hab ich ihm geholfen, das Holz zu stapeln."

Nachdem Lovisa ihre Waren eingeräumt hatte, gingen sie hinaus ans Tor und warteten auf Mattsson. Ganz still standen sie da. Miranda schaute verstohlen zu Lovisa hinauf. Sie hatte das Gefühl, daß

Lovisa böse auf sie war. Das war entsetzlich. Lovisa war noch nie böse auf sie gewesen. Mama war oft böse, daran war sie gewöhnt. Aber Lovisa mußte Miranda mit frohen, liebevollen Augen anschauen, sie durfte nicht mit zusammengekniffenen Lippen dastehen und so tun, als wäre Miranda gar nicht da.

Sie strich Lovisa über den Arm. „Verzeih", flüsterte sie. „Ich bin so dumm. Ich sag immer so dumme Sachen."

Endlich lächelte Lovisa. „Aber Kindchen, ich bin dir doch gar nicht böse. Warum sollte ich das denn sein? Ich glaube wirklich nicht, daß du Anders so sehr geärgert hast, daß er sich deswegen in die Hand hackte. Aber du wirst verstehen, daß ich mir um ihn Sorgen mache."

„Kennst du ihn sehr gut?"

„Ich kenne ihn schon mein ganzes Leben lang."

„Ist er reich?"

„Warum redest du soviel davon, ob jemand reich ist oder nicht? Das hat doch nichts zu bedeuten. Allerdings glaube ich schon, daß er recht wohlhabend ist. Er besitzt einen Hof und hat zwei Kinder. Seine Frau starb bei der Geburt des zweiten Kindes. Seither ist er allein. Er hat mir schon viel geholfen. Es ist sehr lieb von ihm, daß er mir das Holz hackt. Mit seinem eigenen Hof hat er mehr als genug zu tun. Aber er ist eben ein wirklich guter Nachbar. Und dafür muß man dankbar sein."

Miranda wollte noch mehr fragen, wagte es aber nicht. Sie wollte wissen, ob Anders ihr schon einen Heiratsantrag gemacht hatte. Natürlich wäre eine so tüchtige Person wie Lovisa für einen Witwer ein Geschenk des Himmels. Aber dann müßte sie Oberkirschberg verlassen ...

Jetzt kam Mattsson mit dem Wagen angefahren. Lovisa rannte auf den Weg hinaus und hielt ihn auf. Miranda blieb neben dem Tor stehen.

„Wie geht es ihm?" fragte Lovisa.

„Viel kann ich nicht sagen", berichtete Mattsson. „Aber ich habe ihn ordentlich im Krankenhaus abgeliefert, und dort ist er in guten Händen. Er konnte sogar selbst zum Arzt reingehen, also wird's wohl nicht allzu schlimm um ihn bestellt sein. Verblutet ist er jedenfalls nicht." Dann fuhr Mattsson weiter.

„Jetzt brauchen wir eine Tasse Kaffee, um uns zu stärken", sagte Lovisa zu Miranda. „Und mach kein so ängstliches Gesicht. Es wird schon alles wieder gut. Außerdem muß ein Mann nicht unbedingt ein Heiratskandidat sein, nur weil er Holz hackt ..."

Aber Miranda dachte, daß sie unbedingt den Richtigen für Lovisa finden mußte, bevor es zu spät war. Wie durch ein Wunder mußte er auftauchen – er, der Maler, der ihr Vater war.

Das Wunder

Eines Tages sah sie ihn. An einem ganz normalen Tag, der etwas bedeckt und langweilig war und an dem nichts los war. Mama arbeitete in der Kneipe, Lovisa hatte eine Besprechung mit ihren Brüdern,

Albert und Otto waren mit ihrer alten Kommode beschäftigt und hatten kaum Zeit für Miranda, und die Orgelpfeifen waren immer noch an der See.

Ausgerechnet an diesem Tag fand Miranda den Maler. Er saß auf einem kleinen Klappstuhl und malte, und Miranda wäre fast über ihn gestolpert. Auf dem Weg in die Stadt hatte sie nämlich eine Abkürzung durch den Wald genommen. Sie wollte bei Beata im Kurzwarenladen reinschauen und sich nach Oskar erkundigen. Und plötzlich sah sie den Maler.

Er saß auf einer Lichtung im Wald und malte die Aussicht auf die Stadt. Diese Aussicht hatte Miranda schon unzählige Male gesehen, hatte aber nie begriffen, wie schön sie war. Der Maler sah Miranda nicht. Sie war von schräg hinten gekommen, und das weiche Moos hatte ihre Schritte gedämpft.

Mäuschenstill blieb sie stehen und folgte jedem Pinselstrich. So konnte sie die Wirklichkeit mit dem Bild vergleichen, das auf der Leinwand entstand. Es war, als sähe der Maler mehr als andere, er lockte das hervor, was an dieser Aussicht zwischen den Bäumen wesentlich war. In ihrem Herzen entstand ein großes Sehnen. Genauso würde sie gerne malen. Was würde sie dafür geben, wenn sie lernen dürfte, genauso wie der Maler die richtigen Farben zu treffen.

Dann sah sie den Maler selbst an und bekam plötzlich heftiges Herzklopfen. Das mußte er sein! Haargenau so hatte Lovisa ihn beschrieben, nur daß er jetzt natürlich älter war. Sie konnte seine Augen nicht sehen, aber als er den Kopf umdrehte und den

Pinsel in die Farbe tauchte und auf der Palette die richtige Farbnuance mischte, sah sie sein Gesicht. Schmal, mit gerader Nase und dunklen Augenbrauen. Ein Glück, daß er keinen Schnurrbart hatte. Mit einem Albert-Schnurrbart hatte sie ihn sich nie vorstellen können. Braune Haare hatte er, und er schien schlank zu sein. Das war gut. Dicke Männer gefielen ihr nicht.

Plötzlich wandte er den Kopf und erblickte Miranda. Sie erschrak. Vielleicht mochte er es nicht, wenn man ihm beim Malen zuschaute. Aber er lächelte.

„Nanu, hab ich Publikum bekommen? Du mußt ja ganz lautlos durch den Wald gehuscht sein. Wie eine kleine Waldhexe."

Miranda schluckte. Das hörte sie gar nicht gern. Es war nicht das erste Mal, daß jemand sie als Waldhexe bezeichnete.

Jetzt konnte sie auch seine Augen sehen. Sie waren allerdings nicht schräg, wie Lovisa sie beschrieben hatte. Doch das hatte nichts zu bedeuten. Das Schräge konnte sich verwachsen haben. Oder Lovisa hatte sich falsch erinnert.

Er sah leicht irritiert aus. „Hast du vor, noch lange hier zu stehen?"

„Nein ... Ich bin nur zufällig vorbeigekommen. Und dann hab ich das Bild gesehen. Es ist schön."

„Ich muß noch einiges dran machen", sagte er.

„Es sieht so einfach aus, wenn du malst. Gibt es Schulen, wo man malen lernen kann?"

„Ja, das gibt es. Aber vorher mußt du selbst arbeiten. Alles zeichnen und malen, was du empfindest. Das

zeichnen, was aus deinem Inneren kommt."
„Woher weiß man, ob es gut ist, was man macht?"
„Das fühlt man vielleicht selbst. Du kannst es auch jemandem zeigen, der etwas von Kunst versteht."
„Darf ich es dir einmal zeigen?"
„Vielleicht ... Allerdings hab ich so viel zu tun, daß ich für solche Sachen eigentlich keine Zeit habe. Aber wenn du dich wirklich fürs Malen interessierst, kannst du mich ja irgendwann mal aufsuchen. Die Hauptsache ist, daß du selbst viel arbeitest und alles in deiner Umgebung gut beobachtest. Möglichst viel Kunst solltest du auch anschauen ..."
Er begann, neue Farben auf der Palette zu mischen, und schien inzwischen von Miranda genug zu haben. Er wollte, daß sie ging. Aber sie mußte noch mehr erfahren. Vielleicht war er ja ihr Vater ...
„Möchtest du allein sein? Soll ich gehen?"
„Es fällt mir schwer zu arbeiten, wenn jemand zuschaut", sagte er. „Und ich möchte das hier zu Ende bringen, solange das Licht so günstig ist."
„Ich geh ja schon", sagte Miranda. Langsam begann sie stadteinwärts zu gehen. Dabei ging sie dicht an der Staffelei vorbei und sah sich das Bild noch einmal ganz genau an. Eines Tages würde sie von hier aus genau dieselbe Aussicht zeichnen. Aber sie hatte keine richtigen Farben, nur Farbstifte. Am liebsten würde sie ein ähnliches Bild malen wie das beim Doktor. Ein Bild mit Tiefe.
Dann drehte sie sich um. „Ich hab deine Adresse nicht."
„Ach so, die brauchst du. Eigentlich verrate ich nie-

mandem, wo ich mich aufhalte. In meinem Sommerhaus will ich nicht gestört werden. Dort arbeite ich nämlich am besten."

„Wenn ich dir ein Bild zeigen soll, muß ich wissen, wo du wohnst", sagte Miranda.

„Ja, stimmt. Mein Häuschen liegt am Heidesee, wenn du weißt, wo der ist."

„Das weiß ich."

„Es ist das Häuschen vom Schweine-August. Seine alte Heidekate."

„Ich weiß, wo der Alte gewohnt hat. Er hat Schweine geschlachtet. Als ich klein war, fürchtete ich mich vor ihm."

„Jetzt ist er tot. Jetzt brauchst du dich nicht mehr zu fürchten."

„Er könnte spuken ..."

„Ich hab noch kein Gespenst gesehen. Komm ruhig."

„Ich werde kommen." Miranda rannte davon. Sie war sehr froh. Doch plötzlich bremste sie und machte eine Kehrtwendung. Es gab noch etwas, das sie fragen mußte – wenn sie nur den Mut dazu aufbrachte ...

„Hast du Kinder?"

Er lachte. „Warum willst du das wissen? Leider habe ich keine Kinder."

Jetzt stürmte Miranda durch den Wald. Sie war so glücklich, daß sie am liebsten gesungen hätte. Es war ganz in Ordnung, daß der Maler keine Kinder hatte. Er war ihr Vater, und sie mußte sein einziges Kind sein!

Jetzt wird auf den Putz gehauen

Mama schleuderte die Schuhe von den Füßen und warf sich aufs Küchensofa. Sie sah wütend aus.

„Das ist vielleicht eine verdammt miese Arbeit, die ich da tun muß! Jeden zweiten Tag Überstunden, und dieses ewige Gerenne mit den Tabletts, bis einem der Rücken schier abbricht. Und dann diese Kerls, die einem den Hintern tätscheln, wenn man an ihnen vorbeiläuft. Ein Glück, daß ich dich nicht gezwungen habe, mitzukommen und mir zu helfen. Das ist wirklich kein Ort für kleine Mädchen. Aber die Kerls hätten sich gefreut."

Miranda wirtschaftete am Herd. Wie jeden Tag hatte sie Feuer gemacht und den Topf mit den Kartoffeln aufgestellt, bevor Mama nach Hause kam. Den Tisch hatte sie auch gedeckt. Das Mittagessen brachte Mama meistens selbst mit.

„Was hast du heute zum Essen besorgt?" fragte sie.

„Ach herrje, das hab ich vergessen", sagte Mama. „Da mußt du eben Schmalz in die Pfanne tun. Schmalzkartoffeln gab's schon lange nicht mehr."

Miranda rümpfte die Nase. Dieses Armeleuteessen schmeckte ihr gar nicht. „Könntest du nicht eine Stelle in irgendeinem Haushalt annehmen?" fragte sie. „Früher hast du doch im Haushalt gearbeitet, und da hast du manchmal Essen mitgebracht. Nach Festen und so ..."

„Du bist schon ganz schön verrückt! Was glaubst du wohl, wie oft in normalen Familien Feste gefeiert werden? Und bei irgendwelchen knickrigen Herrschaften die Dienstmagd spielen, dazu hab ich keine Lust."

Miranda holte die Bratpfanne und das Schmalz hervor. „Wir sollten einen Petroleumkocher haben", sagte sie. „Dann müßte man im Sommer, wenn es draußen warm ist, kein Feuer im Herd haben."

„Nie im Leben würde ich dich mit einem Petroleumkocher hantieren lassen", sagte Mama. „Hab keine Lust, mir das Haus überm Kopf abbrennen zu lassen!"

„Herdfeuer ist genauso gefährlich", sagte Miranda und tat Schmalz in die Pfanne.

Sie überlegte, wie sie ihr Anliegen vorbringen sollte. Sie und Lovisa hatten nämlich beide gleichzeitig ein und dieselbe glänzende Idee gehabt. Jetzt kam es nur darauf an, einen Moment abzuwarten, in dem Mama guter Laune war. Doch das sah heute nicht sehr vielversprechend aus.

Nachdem sie ihre Schmalzkartoffeln gegessen hatten und Miranda einen extra starken Kaffee eingeschenkt hatte, wagte sie es, ihren Vorschlag aufzutischen. „Du weißt, daß ich bei Herrn Bengtsson Unterricht habe", sagte sie.

Ein schlechter Anfang. Mama runzelte die Stirn. „Dieser Saufkopf. Was kann der dir schon beibringen? Ich weiß genau, was das für einer ist, das darfst du mir glauben! Sein Vater war Rechtsanwalt, hat sich aber zu Tode gesoffen. Und das wird der Sohn früher oder später wohl auch tun. Er sollte was Gelehrtes werden, schlug aber seinem Vater nach. Studierte jahrelang in Uppsala, ohne was zu werden. Jetzt muß er vernagelten Gören Nachhilfeunterricht geben, und seine Mutter gibt Klavierstunden. Ein Glück, daß ich diesen Unterricht nicht bezahlen muß. Das ist rausgeworfenes Geld. Aber Lovisa wird es sich ja wohl leisten können."

Miranda blieb lange schweigend sitzen. Eigentlich hatte sie das Gespräch gar nicht auf Herrn Bengtsson bringen wollen. Sie machte einen neuen Versuch. „Der Weg vom Eselsberg zu Herrn Bengtsson ist sehr weit, wenn man jeden zweiten Tag dorthin muß", sagte sie.

„Dein Schulweg ist genausoweit, und den legst du jeden Tag zurück", sagte Mama. „Aber wenn dir der Weg zu anstrengend ist, brauchst du ja bloß mit dem Unterricht aufzuhören."

„Ich möchte gern weitermachen", sagte Miranda. „Ich hab schon eine Menge gelernt. Herr Bengtsson kann viel besser erklären als unsere Lehrerin. Ich war nur deshalb so schlecht in der Schule, weil ich nichts verstanden hab. Und ich hab nie gewagt zu fragen, wenn ich etwas nicht verstanden hatte. Aber Herrn Bengtsson wage ich zu fragen."

„Worauf willst du eigentlich hinaus?" fragte Mama. „Hast du vor, zu Albert und Otto zu ziehen?"

„Wenn ich in Oberkirschberg wohnen würde, könnte ich mit dem Milchwagen mitfahren. Der Nachbarbauer fährt jeden Tag die Milch in die Stadt."

Jetzt wurde Mama ehrlich wütend, das war deutlich zu sehen. Sie richtete sich auf und stellte die Kaffeetasse mit einem Knall ab. „Aha!" sagte sie. „Aha, so habt ihr euch das also gedacht, Lovisa und du! Sie versucht, mir mein Kind wegzunehmen. Und du machst mit. Hab schon verstanden. Zuerst der Unterricht bei Bengtsson, und dann die stinkvornehme Schule. Und schließlich Oberkirschberg. Ein feines Mädchen, das eine so feine Schule besucht, kann unmöglich auf dem Eselsberg wohnen. Lovisa nimmt mir das einzige, was ich habe." Mama begann zu weinen. Sie schlug die Hände vors Gesicht und weinte herzzerreißend.

„Eine Mutter, die alles für ein kleines, kränkliches Mädchen geopfert hat. Eine Mutter, die sich abgerackert hat, damit ihr kleines Mädchen saubere, warme Kleider hat. Keine Kunst für eine Dame in Oberkirschberg, das kleine Mädchen zu sich zu locken! Soll ich etwa nach einem harten Arbeitstag in ein leeres Haus zurückkehren? Soll ich etwa Feuer machen und Essen kochen müssen, während meine Tochter bei dem reichen Fräulein in Oberkirschberg sitzt und sich den Bauch vollschlägt? Findest du das richtig?"

Mirandas Tränen begannen ebenfalls zu strömen. Daran hatte sie gar nicht gedacht. Mama hatte natürlich ganz recht. Es war unmöglich, sich vor dem Feuermachen und Kartoffelkochen zu drücken, wenn man wußte, daß Mama erschöpft nach Hause kam.

„Verzeih mir", sagte sie. „Bitte, Mama, verzeih mir. Ich wollte ja gar nicht von dir wegziehen. Nur für die

Zeit, wo ich bei Herrn Bengtsson Unterricht kriege. Aber jetzt verstehe ich, daß das keine gute Idee war."

Mama schien weiterweinen zu wollen, nachdem sie jetzt schon mal ordentlich in Fahrt gekommen war. Doch da drang Lärm vom Hof, und draußen im Flur wurde gestapft. Jemand klopfte an die Tür, und herein kamen zwei Männer, die laut grüßten: „Schönen guten Abend, die Herrschaften ... Wir haben gehört, daß hier eine hübsche Frau wohnen soll!"

Und wie durch Zauberei waren Mamas Tränen getrocknet. Sie strahlte übers ganze Gesicht, als wäre sie nie im Leben wütend oder traurig gewesen.

Miranda sank auf ihrem Stuhl zusammen. Etwas Schlimmeres hätte nicht passieren können. Die Kesselflicker waren gekommen! Durch die offene Tür sah sie den Karren und das magere Pferd.

Jetzt hatte sie keine andere Wahl, jetzt mußte sie fort. Mama würde überhaupt nicht danach fragen, ob Miranda nach Oberkirschberg oder sonstwohin ging. Sie dachte nur noch daran, daß jetzt Schwung in die Bude kommen würde. Und plötzlich war auch ihre Müdigkeit wie weggeblasen.

„Willkommen!" rief sie. „Meine fidelen Freunde! Jetzt wird auf den Putz gehauen!"

Miranda verschwand in ihr Kabuff und begann, ihr Nachthemd und noch ein paar Kleinigkeiten in einen Stoffbeutel zu stecken. Zum erstenmal machte es ihr nichts aus, daß Mama auf den Putz hauen würde.

Vettern dürfen einen küssen

Drei Tage wohnte Miranda jetzt schon bei Lovisa. Drei herrliche Tage. Das Bett im Gästezimmer hatte schon lange bereitgestanden und auf sie gewartet. Es war wundervoll, morgens aufzuwachen und die Vorhänge leicht im offenen Fenster flattern zu sehen und die Vögel im Garten zwitschern zu hören. Unten in der Küche klapperte Lovisa mit den Kaffeetassen. Miranda durfte allerdings keinen Kaffee trinken, das sei ungesund für Kindermägen, sagte Lovisa. Statt dessen gab es Kakao oder Grütze.

Es tat Miranda fast leid, daß sie zum Unterricht in die Stadt mußte. Mit dem Milchwagen mitzufahren hatte keinen Sinn. So früh war Herr Bengtsson nicht wach. Am liebsten wäre es ihr gewesen, wenn sie den ganzen Tag in Oberkirschberg hätte bleiben dürfen. Lovisa und sie hatten soviel zu tun. Sie ernteten Johannisbeeren und Himbeeren und Gemüse im Garten. Sie saßen auf der Treppe und hülsten Erbsen aus. Sie kochten Marmelade und Saft. Und im ehemaligen Zimmer des Alten, das zur Webstube geworden war, lernte Miranda weben.

Das Zimmer war nicht mehr wiederzuerkennen, hell und gemütlich mit fröhlichen Flickenteppichen und weißen Vorhängen. Die Möbel des Alten waren verschwunden. Statt dessen standen ein großer blauer Schrank und leichte, helle Möbel darin – ein

Zimmer, in dem man gern arbeitete.

Um Mama brauchte Miranda sich keine Sorgen zu machen. Sie war kein bißchen traurig gewesen, als Miranda ging.

„Du machst dir ja nichts aus Festen", hatte sie gesagt. „So bleibt mir wenigstens dein sauertöpfisches Gesicht erspart."

Darüber, wie lange Miranda wegbleiben sollte, war nicht gesprochen worden. Mama würde sich bestimmt melden, wenn es an der Zeit wäre, wieder nach Hause zu kommen. Allerdings hatte Miranda mehr und mehr das Gefühl, daß Oberkirschberg ihr richtiges Zuhause war.

Als Miranda am dritten Tag vom Unterricht nach Hause unterwegs war, tauchte plötzlich Harry auf und begann neben ihr herzugehen. „Ich will meiner Tante einen Besuch machen", erklärte er.

Miranda wunderte sich selbst darüber, wie froh sie wurde. Harry hatte ihr gefehlt.

„Ich geh auch dorthin", sagte sie. „Ich wohne dort."
„Für immer?"
„Nein, nur für kurze Zeit. Es ist herrlich, bei der eigenen Mutter wohnen zu dürfen."

Er warf ihr einen kurzen Blick zu und verzog sein Gesicht zu seinem üblichen Lachen. Miranda hatte dieses Lachen gern, es war leicht spöttisch, aber trotzdem liebevoll.

„Ich kenne niemanden, dem so viele verrückte Sachen passieren. Was du alles erlebst! Zuerst Petterssons Ruderboot, mit dem du nicht rudern konntest, und dann die Perlenkette, die du gar nicht klauen wolltest, aber trotzdem mitgenommen hast. Und als du mit dieser Prinzessin, wie du sie nennst, ausgerissen bist – das war ja fast das Allerverrückteste. Und dann stehst du plötzlich mit einer neuen Mutter da. Glaubst du tatsächlich daran?"

„Natürlich. Ich weiß es doch. Ich hab den Brief gesehen, den meine Großmutter geschrieben hat. Meine Großmutter ist übrigens auch deine Großmutter. Ich fühle es, daß Lovisa meine Mutter ist."

„Ich bin dein Vetter, und du bist meine Kusine."

„Weiß ich doch."

„Aber eigentlich will ich gar nicht, daß du meine Kusine bist", sagte Harry.

Inzwischen waren sie beim Hoftor von Oberkirschberg angelangt. Sie blieben kurz stehen, bevor sie aufmachten. Harry schien noch etwas sagen zu wollen. Miranda schwieg. Es war zu traurig, daß Harry sie nicht als Kusine haben wollte.

„Mach dir nichts draus, daß ich deine Kusine bin", sagte Miranda, als sie den Hof überquerten. „Ich bleibe ja nicht auf Oberkirschberg. Ich muß bei meiner richtigen Mutter wohnen. Dann brauchen wir uns nicht so oft zu sehen."

Da lachte Harry sein spöttisches Lachen. „Du begreifst auch gar nichts. Ich möchte dich natürlich oft treffen."

Lovisa saß am Webstuhl, als sie reinkamen. Sie freute sich, als sie Harry erblickte. „Endlich krieg ich Besuch von der Verwandtschaft", sagte sie. „Willkommen, mein Junge. Miranda, du kannst schon mal Saft und Hefekuchen anbieten. Ich muß diese Tischdecke heute noch fertigweben. Der Goldschmied kommt heute nachmittag, um sie abzuholen. Das wird ein Geburtstagsgeschenk für seine Frau. Ihr müßt euch alleine amüsieren."

„Das ist kein Problem", sagte Harry. „Wir haben uns früher schon amüsiert."

In der Küche bestimmte Harry, daß sie einen kleinen Ausflug machen würden. Sie füllten eine Flasche mit Saft und steckten die Hefekuchen in eine Tüte.

„Aber nicht zur Scheune des Königs", sagte Miranda.

„Ich zeige dir meine geheime Höhle", sagte Harry.

Harrys geheime Höhle lag in demselben Wald, in dem Miranda sich vor langer Zeit vor dem wütenden Pettersson versteckt hatte und von wo aus sie Oberkirschberg zum allerersten Mal erblickt hatte. Sie kamen zu dem Stein, auf den Miranda damals Lovisas Nachthemd gelegt hatte, als sie aus Oberkirschberg fortgelaufen war. Sie zeigte Harry den Stein und erzählte, wie es damals gewesen war.

„Ja, das ist ein guter Stein", sagte Harry. „Als ich klein war und Großvater besuchen mußte, versteckte ich mich immer dahinter. Gleich hinter diesem Stein liegt meine geheime Höhle."

„Dann ist das unser gemeinsamer Stein", schlug Miranda vor. „Wir haben ihn beide entdeckt, wenn auch nicht gleichzeitig."

„Meine geheime Höhle können wir auch gemeinsam haben", sagte Harry und kroch hinter den Stein. Dort wuchsen niedere Büsche, die eine kleine Laube bildeten. Man mußte die Zweige beiseite biegen, um reinzukommen. „Jetzt ist es viel dichter als früher, als ich klein war", sagte Harry. „Hier kann uns niemand finden."

Sie tranken Saft und futterten Hefekuchen. Und dann war es plötzlich so, als hätten sie sich nichts mehr zu sagen. Sie saßen dicht nebeneinander und lehnten sich mit dem Rücken an den Stein. Auf einmal wurde Miranda verlegen. Es war ein komisches Gefühl, so nah neben Harry zu sitzen. Sie rückte von ihm ab und stach sich dabei an ein paar scharfen Dornen.

„Bist du traurig, weil ich nicht will, daß du meine Kusine bist?" fragte Harry.

„Vielleicht. Aber ich kann dich verstehen ... Ich wollte mich selbst auch nicht als Kusine haben."

„Ja, das würde wahrscheinlich nicht ganz einfach werden", meinte Harry. „Hast du schon mal daran gedacht, daß Kusine und Vetter fast wie Geschwister sind? Und wenn du meine Kusine bist, wirst du ja beinah so was wie meine Schwester."

„Das ist ja noch schlimmer", sagte Miranda. „Mich als Schwester, das wünsche ich dir wirklich nicht."

„Nein, wirklich nicht", nickte Harry.

Da wurde Miranda sehr traurig. Sie hatte immer geglaubt, daß Harry sie gern hatte. Eine Weile blieb sie schweigend sitzen.

„Ich finde, daß du Bauer werden solltest", sagte sie plötzlich.

„Keine gute Idee", sagte Harry. „Bauer will ich ganz bestimmt nicht werden. Warum willst du das?"

„Weil du dann in Oberkirschberg arbeiten könntest. Lovisa kann den Hof vielleicht nicht behalten. Aber wenn du Bauer wirst, schafft sie es möglicherweise doch. Ein Hof braucht einen Erben, sagt sie immer. Sonst hat die ganze Arbeit gar keinen Sinn."

„Dann muß sie eben heiraten", sagte Harry. „Vielleicht kriegt sie ein paar Kinder. Einen Jungen, der den Hof übernehmen kann."

In Miranda schoß eine kleine Zornesflamme hoch. „Lovisa schafft es allein", erklärte sie. „Sie hat es nicht nötig, irgendeinen Mann zu heiraten, nur damit der den Hof versorgt. Sie selbst ist viel besser als alle Männer."

„Du selbst hast es doch vorgeschlagen", sagte Harry. „Daß ich Bauer werden soll, damit Lovisa den Hof behalten kann. Hast du das etwa nicht gesagt?"

„Das war dumm", sagte Miranda. „Vergiß es."

„Unter einer Bedingung könnte ich mir vorstellen, Bauer zu werden", sagte Harry. „Wenn du Bäuerin wirst."

Miranda starrte ihn an. „Willst du mich auf den Arm nehmen?"

„Nein, das ist mein Ernst. Du als Lovisas Tochter mußt auf dem Hof bleiben. Und ich helfe dir. Alleine schaffst du's nicht."

Miranda überlegte. Der Vorschlag war nicht schlecht. „Dann brauchen wir Kühe, und das Land, das Mattsson gepachtet hat, brauchen wir auch. Ich muß melken lernen. Und du kannst die Landwirtschaftsschule besuchen."

„Allerdings müssen wir dann heiraten", sagte Harry. „Ein Bauer und eine Bäuerin können schließlich nicht unverheiratet auf einem Hof zusammenleben."

„Und dabei willst du mich nicht einmal als Schwester haben ... Das kann doch nicht dein Ernst sein."

„Das ist doch der Grund, warum es mir leid tut, daß wir verwandt sind. Die eigene Schwester kann man nicht heiraten."

„Aber ich bin ja gar nicht deine Schwester."

„Kusinen sind fast dasselbe."

„Das sind sie nicht. Ich habe überhaupt nicht das Gefühl, daß du mein Vetter bist."

„Na dann ..." Harry lächelte sein spöttisches Lächeln und beugte sich vor und küßte sie mitten auf den Mund.

Miranda purzelte nach hinten und stach sich an dem stachligen Busch in den Nacken. Aber trotzdem war sie froh. Es war das erste Mal, daß jemand sie geküßt hatte. Sie konnte sich nicht erinnern, daß Mama das je getan hatte. Und Lovisa auch nicht. Aber Vettern können einen küssen. Das war gut.

Prinzessin auf Achse

Miranda stand draußen auf dem Hof, als das Auto des Goldschmieds vor dem Hoftor anhielt. Harry war soeben gegangen. Sie lief hin und öffnete das Tor. Hoffentlich hatte der Goldschmied all das vergessen, was damals vor langer Zeit passiert war, als sie mit der Prinzessin ausgerissen war und versehentlich die Perlenkette seiner Frau mitgenommen hatte. Für Miranda war das alles wie ein Traum, ein verworrener Traum, den sie vergessen wollte.

Der Goldschmied machte ein trauriges Gesicht, als er an ihr vorbeiging. Er sah sie kaum an. Bestimmt erkannte er sie nicht wieder. Lovisa hatte ihn durchs Fenster gesehen und kam mit dem neuen Tischtuch überm Arm auf die Treppe heraus.

„Ich hatte noch keine Zeit, das Tischtuch zu säumen", sagte sie. „Aber der Saum ist schon geheftet. Hätten Sie mir noch ein paar Stunden Zeit gelassen, wäre alles fertig gewesen."

„In meinem Haushalt gibt es genügend Leute, die nähen können", sagte der Goldschmied. „Hauptsache, ich kann das Tischtuch haben. Meine Frau wird sich darüber freuen, das heißt, wenn sie sich überhaupt jemals wieder wird freuen können ..."

„Was ist denn Schlimmes passiert?" fragte Lovisa.

„Die Geburtstagsfeier werden wir einstellen müssen", sagte der Goldschmied. „Es ist ja kein großer Geburtstag, aber wir hatten für morgen ein paar Freunde eingeladen. Daraus wird jetzt allerdings nichts. Birgitta ist verschwunden ... Wir haben die ganze Nacht gesucht. Ringsum in den Wäldern sind Suchmannschaften unterwegs. Sie ist ja schon früher verschwunden gewesen, aber so lange noch nie."

Miranda begann zu zittern. Sie hatte das Gefühl, als wäre es ihre Schuld. Immerhin war sie es gewesen, die Birgitta das Loch in der Hecke gezeigt und ihr beigebracht hatte, wie man ausreißen konnte. Jetzt würde der Verdacht vielleicht auf sie fallen.

„Ich kann mir vorstellen, daß es schwierig ist, Birgitta zu beaufsichtigen", sagte Lovisa. „Vielleicht sollte sie lieber nicht zu Hause sein."

Der Goldschmied sah Lovisa vorwurfsvoll an. „Das kann man leicht sagen, wenn man keine eigenen Kinder hat", sagte er. „Wir lieben unser Kind, auch wenn es krank im Kopf ist. Wir wollen das Beste für unser Kind. In einer Anstalt würde Birgitta sich nie wohl fühlen. Sie muß dort leben, wo sie geliebt wird."

„Ich weiß wohl, wie es ist, sein Kind zu lieben", sagte Lovisa leise. „Ich weiß genau, wie es ist, wenn man für sein Kind sorgen will und es einem verwehrt wird."

Der Goldschmied sah sie erstaunt an. Miranda machte einen Schritt auf sie zu. Sie mußte ihre Vermutung aussprechen, vielleicht hatte sonst noch niemand daran gedacht.

„Die Scheune", sagte sie. „Habt ihr in der Scheune gesucht? Die Scheune des Königs ..."

Erst in diesem Moment schien der Goldschmied Miranda überhaupt zu bemerken. Er sah sie scharf an. „Jetzt erkenne ich dich wieder", sagte er. „Du warst es doch, die Birgitta letztes Mal bei ihrer Flucht geholfen hat. Ich hatte gleich den Verdacht, daß du dieses Mal auch mitgemischt hast. Die Polizei hat schon mit deiner Mutter gesprochen, aber du warst nicht zu Hause. Inzwischen sucht Wachtmeister Busch auch nach dir."

„Miranda ist seit drei Tagen hier", erklärte Lovisa. „Das Mädchen hat nichts getan. Sie hat ein Alibi ..."

Miranda wußte nicht, was ein Alibi war. Das Wort klang irgendwie bedrohlich. Lovisa stand einfach da und behauptete, Miranda habe etwas, was sie gar nicht hatte. Demnach glaubte Lovisa auch, daß Miranda für Birgittas Flucht verantwortlich sei.

„Ist das Mädchen die ganze Zeit hier gewesen?" wollte der Goldschmied wissen.

Lovisa schwieg eine Weile. „Nein", sagte sie schließlich. „Sie ist ein paar Stunden täglich weg gewesen. Aber warum sollte sie die arme Birgitta zum Weglaufen bewegen? Das klingt unglaubwürdig."

„Ich habe Birgitta nicht gesehen", sagte Miranda. „Aber ein Alibi hab ich nicht!"

„Nur zu wahr", sagte der Goldschmied. „Vielleicht sollten wir mal fragen, was du während dieser Stunden gemacht hast?"

„Ich habe bei Herrn Bengtsson Nachhilfestunden gehabt, weil ich die Aufnahmeprüfung in die Oberschule machen soll. Und da muß ich vorher noch eine Menge lernen."

„Ich glaube, du kannst jetzt schon so einiges", sagte der Goldschmied. „Vielleicht sollten wir Wachtmeister Busch feststellen lassen, was du eigentlich alles weißt."

Da wurde Lovisa zornig. „Das Mädchen ist unschuldig", sagte sie. „Der Wachtmeister kann sich ja bei Herrn Bengtsson erkundigen, was Miranda an den Vormittagen gemacht hat."

„Das wird er tun", sagte der Goldschmied. „Wir machen uns große Sorgen um Birgitta. Sie kann nicht auf sich selbst aufpassen. Und wir verstehen einfach nicht, warum sie wegläuft, obwohl sie es daheim so gut hat."

„Es ist nicht schön, eingesperrt zu sein", sagte Miranda. „Jeder Mensch will doch frei sein. Birgitta ist eine Gefangene. Sie glaubt, daß sie eine Prinzessin ist. Sie will zu ihrem Vater, dem König. Habt ihr schon in der Scheune gesucht?"

„Dort haben wir als allererstes gesucht, ohne Erfolg. Aber du weißt vielleicht mehr?"

„Ich weiß gar nichts", sagte Miranda. „Aber ich möchte bei der Suche mithelfen."

„Na, da machen wir vielleicht den Bock zum Gärtner", sagte der Goldschmied.

Dann bezahlte er Lovisa für die Tischdecke und ging zum Hoftor.

„Die armen Goldschmiedsleute", sagte Lovisa, als das Auto verschwand. „Haben ein einziges Kind, und das ist verrückt."

„Da hast du es schon besser", sagte Miranda. „Ich bin wenigstens nicht verrückt im Kopf. Aber ich möchte Birgitta suchen."

„Laß das lieber bleiben", sagte Lovisa. „Dabei kannst du dich selbst verirren. Oder die Leute glauben, du weißt, wo sie ist, und versuchst ihr zu helfen."

„Ich könnte doch wenigstens hier in der Gegend suchen", schlug Miranda vor.

„Ich laß dich nicht fort. Ich mache mir ebenfalls Sorgen um mein einziges Kind."

In diesem Augenblick schlug das Hoftor zu, und Mama kam mit raschen Schritten über den Hof.

Kein Kaffee für Mama

Lovisa und Miranda standen eng nebeneinander auf der Treppe, als Mama kam. Es war, als hätten sie Angst und müßten sich gegenseitig stützen. Mama blieb unterhalb von der Treppe stehen und tat so, als sähe sie Lovisa überhaupt nicht. Sie sah nur Miranda an.

„Unglaublich, daß ich extra kommen muß, um dich zu holen!" sagte sie. „Wir hatten doch ausgemacht, daß du nur eine Nacht wegbleibst."

„Wir haben gar nichts ausgemacht", widersprach Miranda. „Ich soll wegbleiben, während du mit deinen Kesselflickern feierst, hast du gesagt. Und ich wußte ja nicht, wie lange du feierst. Vielleicht viele Tage lang ..."

„Haben meine Feste denn jemals länger als einen Tag gedauert?" fragte Mama. „Du hättest am Tag danach zurückkommen sollen. Aber jetzt kommst du sofort mit."

„Kann Miranda nicht noch ein Weilchen hier bei mir bleiben?" fragte Lovisa. „Sie fühlt sich so einsam, wenn du den ganzen Tag weg bist."

Endlich sah Mama Lovisa an. Aber ihr Blick war alles andere als freundlich. „Miranda hat tagsüber genug zu tun. Du hast ja dafür gesorgt, daß sie fast jeden Tag zum Büffeln in die Stadt muß. Und vermutlich muß sie außerdem auch noch Hausaufgaben machen, die arme Kleine. Mitten im Sommer ..."

„Hier kann ich viel besser lernen", sagte Miranda. „Hier habe ich Gesellschaft. Du bist ja meistens nicht daheim."

„Damit ist jetzt Schluß", sagte Mama.

„Hast du in der Kneipe aufgehört?"

„Das habe ich. Los, pack jetzt deine Sachen, dann gehen wir."

„Du kannst doch wenigstens noch zu einer Tasse Kaffee reinkommen, bevor ihr geht", schlug Lovisa vor.

„Ich brauche keinen Kaffee. Und wir haben es eilig."

Lovisa und Miranda gingen ins Haus. Miranda legte ihre Sachen in den Stoffbeutel, während Lovisa zuschaute.

„Ich möchte dir irgendwas mitgeben", sagte sie. „Aber ich weiß nicht, was."

„Du hast mir schon soviel geschenkt. Ich brauche nichts."

Plötzlich nahm Lovisa Miranda in die Arme und drückte sie fest an sich. „Mein Kind", flüsterte sie. „Mein geliebtes kleines Mädchen. Ich will dich nicht fortlassen. Aber ich muß. Komm bald wieder ..."

„Ich komme ..."

Miranda stürzte hinaus, um nicht in Tränen auszubrechen. Mama stand am Tor und wartete.

Als sie ein Stück gegangen waren, drehte Miranda sich um. Lovisa stand auf der Treppe und blickte hinter ihnen her. Als Miranda winkte, warf Mama ihr einen gereizten Blick zu.

„Du brauchst dich nicht aufzuführen, als ob du nach Amerika reisen würdest. Schließlich kehrst du nur in dein eigenes Zuhause zurück. Und wie ich dich kenne, wirst du dich bei erstbester Gelegenheit wieder nach Oberkirschberg schleichen."

„Es ist so schön dort. So gemütlich ..."

„Bei deiner eigenen Mutter findest du es wohl nicht gemütlich, was?"

Miranda antwortete nicht. Lange Zeit gingen sie schweigend nebeneinander her.

Dann legte Mama los: „Ist mir schleierhaft, wie du es in diesem alten Riesenkasten gemütlich finden kannst. Es macht mich ganz krank, wenn ich nur einen Fuß auf den Hof setze. Alles dort ist so groß und hochgestochen. Nicht zuletzt Lovisa selbst. Aber jetzt werde ich daheim bleiben, damit du dich nicht so einsam zu fühlen brauchst."

„Warum hast du in der Kneipe aufgehört? Du mußt doch Geld verdienen."

„Sie haben mich gefeuert, wenn du's wissen willst. Ich hab nach dem Fest verschlafen ..."

„Haben sie dich gefeuert, bloß weil du mal verschlafen hast?"

„Ich hab lange verschlafen. Anderthalb Tage ... Sie mußten für die Zeit eine andere nehmen. Das arme Schwein ... Diesem Job weine ich wirklich nicht nach."

„Aber dann haben wir ja kein Geld! Womit wollen wir jetzt Essen kaufen?"

„Das wird schon irgendwie gehen", meinte Mama. „Werd eben wieder zur Arbeitsvermittlung gehen müssen, um mir eine neue Stelle zu suchen. Noch hab ich ein paar Kröten, es eilt also nicht. Muß mich erst mal erholen. Dann fang ich wieder an. Du brauchst dir keine Sorgen zu machen."

Aber Miranda war nicht beruhigt. Und obwohl Mama nach dem Fest aufgeräumt hatte, konnte Miranda sich nicht darüber freuen. Im ganzen Haus hing dieser besondere Geruch, ein komischer Geruch, den die Kesselflicker immer mitbrachten. Ein Geruch, den Miranda haßte.

In den Händen der Polizei

Miranda stand in ihrem Kabuff und leerte ihren Stoffbeutel. Das Nachthemd, ein zerknittertes Kleid, Unterwäsche und Zahnbürste. Das Kabuff kam ihr so fremd vor. Jemand hatte in ihrem Bett geschlafen. Der Überwurf war zerknautscht, und das Kissen, das auf dem Überwurf lag, wirkte schmutzig. Miranda wollte unter keinen Umständen auf einem Kissen schlafen, auf das ein Kesselflicker seinen schmutzigen Kopf gelegt hatte. Sie würde Mama um einen sauberen Kissenbezug bitten.

Da klopfte es hart an die Tür. Mirandas Herz begann heftig zu pochen. So klopfte kein Nachbar. Die freundliche Frau Blum aus dem Nachbarhäuschen würde nie so anklopfen. Ihr Klopfen hörte man kaum. Dieses Klopfen dagegen ließ einen vor Angst zusammenfahren.

Es war Wachtmeister Busch, der eintrat. Mama erschrak ebenfalls, das war ihr deutlich anzumerken. Wenn Mama Angst hatte, wurde sie immer besonders laut.

„Was für eine nette Überraschung!" sagte sie mit schriller Stimme. „Ich stell gleich den Kaffeekessel auf, wenn es Ihnen recht ist!"

„Nein, nein, besten Dank", sagte Busch. Genau wie damals vor langer Zeit ließ er sich auf einen Stuhl nieder und wischte sich den Schweiß von der Stirn. Miranda stand in der Tür zum Kabuff. Busch sah sie ernst an. „Komm her, mein Kind. Ich möchte mit dir reden."

Miranda machte ein paar Schritte auf ihn zu. Wenn sie nur nicht so zittern würde! Ihre Unterlippe bebte so sehr, daß sie fest draufbeißen mußte. Sie senkte den Blick. Hier stand sie mit dem reinsten Gewissen der Welt und sah wie ein Verbrecher aus.

„Naaa, hast du mir was zu sagen?" fragte Busch.

Miranda schüttelte den Kopf.

„Du hast nicht zufällig die Birgitta vom Goldschmied irgendwo gesehen?"

„Nein, hab ich nicht."

„Du warst ein paar Tage lang verschwunden. Ich möchte wissen, was du in der letzten Zeit so alles gemacht hast."

„Ich bin bei Lovisa gewesen – bei meiner Mutter."

Busch machte ein erstauntes Gesicht und sah Mama fragend an.

„Die Kleine faselt daher", sagte Mama. „Sie steckt dauernd mit Lovisa in Oberkirschberg zusammen.

Als sie damals verschwunden war, hatte sie sich ja auch schon dort versteckt. Seither scheint sie zu glauben, daß sie in diesem hochherrschaftlichen Haus daheim ist. Vor lauter Aufgeblasenheit ist sie ganz verdreht. Ich weiß gar nicht, was ich mit ihr anfangen soll. Aber in letzter Zeit hat sie keine Dummheiten gemacht, das kann ich garantieren. Und Lovisa kann das bestimmt ebenfalls bezeugen. Sie brauchen sie nur zu fragen, Herr Wachtmeister."

„Daß das Mädchen in Oberkirschberg war, das wissen wir. Aber sie war nicht die ganze Zeit dort. Ich möchte wissen, was sie gemacht hat, als sie in der Stadt war."

„Ich habe bei Herrn Bengtsson Unterricht gehabt", sagte Miranda.

„Angeblich", sagte Busch.

„Dann fragen Sie doch diesen Bengtsson", sagte Mama. „Ich hab schon immer gesagt, daß diese Rennerei zu Bengtsson nichts als Unglück bringt. Diese Lernerei ist anmaßend, das kann zu nichts Gutem führen, hab ich gesagt. Und bitte sehr – jetzt wird das Kind verdächtigt, die unglaublichsten Sachen angestellt zu haben!"

„Miranda wird überhaupt nicht verdächtigt", wandte Busch ein. „Ich möchte nur ein paar Fragen an sie stellen. Immerhin hat sie ja einen gewissen Einfluß auf die bedauernswerte Birgitta ausgeübt und ist schon einmal mit ihr ausgerissen. Vielleicht hat Birgitta sich an dieses Ereignis erinnert. Dann hätte es genügt, daß Miranda irgendwo in ihrer Nähe auftaucht, um die Sehnsucht nach Freiheit in ihr zu

81

wecken. Und Miranda scheint in dieser Beziehung recht einfallsreich zu sein. Jetzt möchte ich, daß Miranda mich begleitet. Vielleicht kommen wir gemeinsam dahinter, wo Birgitta sich versteckt hat."

„Kommt nicht in Frage!" schrie Mama. „Mein Kind in den Händen der Polizei – das lasse ich nicht zu!"

„Beruhigen Sie sich!" sagte Busch. „Es geht doch nur darum, daß wir diesen armen Ausreißer finden. Und ich glaube, Miranda kann mir dabei helfen. Willst du mich begleiten, Miranda?"

„Ich komme mit", sagte Miranda. „Aber ich weiß nichts."

Wachtmeister Busch stand auf und ging auf die Tür zu, Miranda kam hinterher. Mama lehnte den Kopf an die Herdmauer und weinte so laut, daß man es bis auf den Hof hinaus hörte.

Ich werde zu meinem Vater, dem König, gehen

Sie saßen im Salon des Goldschmieds – der Goldschmied und seine Frau, Wachtmeister Busch und Miranda. Draußen war Sommer, draußen schien die Sonne. Drinnen war es abgedunkelt und kühl. Die dicken Vorhänge waren zugezogen. Die Frau des Goldschmieds weinte still vor sich hin. Der Goldschmied saß neben ihr auf dem Sofa und tätschelte ihr ab und zu die Schulter.

Der Polizist saß in einem Sessel. Miranda saß aufrecht und steif ganz vorne auf dem Stuhlrand.

Sie hatten lange miteinander geredet. Miranda hatte erzählt, wie es damals gewesen war, als sie Birgitta bei der Flucht geholfen hatte. Sie hatte das Loch in der Hecke beschrieben und wie sie auf der Landstraße gewandert waren. Wie die Prinzessin gesungen hatte und beinahe glücklich gewirkt hatte. Wie sehr sie sich vor dem Wasser gefürchtet hatte. Miranda hatte ihr helfen müssen, ins Boot zu steigen. Und kaum hatten sie den Fluß überquert, als die Prinzessin sich beinahe aus dem Boot geworfen hatte. Dabei war sie völlig durchnäßt worden.

Von der Scheune des Königs brauchte Miranda nichts mehr zu erzählen. Dort hatten Busch und der Goldschmied Birgitta zu guter Letzt gefunden. Sie wußten genau, wie es in der Scheune aussah. Und im Laufe der letzten Tage waren sie immer wieder dort gewesen.

„Ich begreife nicht, wie du so grausam sein konntest", schluchzte die Frau des Goldschmieds. „Unser armes Kind zur Flucht zu verleiten!"

„Das haben wir schon zur Genüge besprochen", unterbrach sie der Goldschmied. „Jetzt müssen wir herausfinden, wie es Birgitta gelungen ist, ein weiteres Mal fortzulaufen. Das Loch in der Hecke haben wir mit neuen Büschen aufgefüllt. Dort ist sie nicht rausgeschlüpft. Und das Gartentor war wie immer abgeschlossen. Es ist kaum anzunehmen, daß sie über das Tor geklettert ist. Hast du wirklich keinen Vorschlag, Miranda? Du mußt die Wahrheit sagen. Hast du Birgitta in letzter Zeit irgendwo getroffen?"

„Nein. Das hab ich doch schon gesagt. Ich weiß nichts. Ich will sie nie mehr sehen. Ich will nicht, daß sie ausreißt. Das ist wahr!"

„Aber vielleicht hast du ja irgendeine Idee", sagte Busch. „Weil du letztes Mal dabei warst. Du hast sie doch auf den Gedanken gebracht zu fliehen. Versuch doch, dir auszudenken, wie sie es diesmal angestellt hat und wohin sie möglicherweise verschwunden sein könnte. Hat sie damals nichts gesagt, was uns irgendeinen Hinweis geben könnte?"

„Sie sprach von ihrem Vater, dem König. Zu ihm wollte sie. Sie bildete sich ein, ihr wärt ihre Gefängniswärter. Und ich hab sie nicht auf den Gedanken gebracht zu fliehen. Das wollte sie von ganz allein. Es ist schrecklich, wie eine Gefangene zu leben. Und das tut sie, wenn ihr sie einsperrt. Ich würde auch versuchen zu fliehen, wenn ich eingesperrt wäre."

„Begreifst du denn nicht, daß wir sie schützen müssen?" fragte die Frau des Goldschmieds. „Sie kann nicht auf sich selbst aufpassen. Du weißt ja, wie sie ist. Wie ein kleines Kind, das Schutz braucht."

„Warum begreift sie dann nicht, daß man ihr helfen will?" fragte Miranda. „Warum hält sie euch für ihre Gefängniswärter? Warum will sie unbedingt zu ihrem Vater, dem König?"

Alle drei starrten sie an.

„Sag mal", begann Busch. „Glaubst du etwa, daß ihr Vater, der König, tatsächlich existiert?"

„Nein, aber *sie* glaubt es. Wenn sie jemand sehen dürfte, der so wäre wie ihr Vater, würde sie vielleicht wieder normal werden."

„Du meinst also, daß jemand sich als König verkleiden sollte?" fragte der Goldschmied.

„Ihr richtiger Vater könnte dieser König werden. Dann würde sie vielleicht begreifen, daß ihr Vater hier im Haus lebt. Wenn ihre richtigen Eltern für sie ein König und eine Königin wären, hätte sie bestimmt keine Lust mehr zu fliehen. Dann würde sie glücklich werden."

„Du findest also, daß wir wie zwei Märchenfiguren herumlaufen sollen?" fragte der Goldschmied.

„Es könnte gut für sie sein. Ihr müßtet euch ja nicht dauernd verkleiden. Nur ein, zwei Mal, damit ihr klar wird, daß ihr ihre richtigen Eltern seid."

„Das ist jetzt kein Thema", unterbrach Wachtmeister Busch. „Jetzt müssen wir vor allem zu irgendwelchen Schlußfolgerungen kommen. Wir müssen versuchen, uns vorzustellen, wie Birgitta geflohen ist. Und dabei soll Miranda uns helfen. Wir wissen, daß Birgitta morgens verschwand, als das Personal saubermachte. Ihr Vater war in seinem Laden, und ihre Mutter war noch nicht aufgestanden. Aus irgendeinem Grund war die Tür zu Birgittas Zimmer nicht abgeschlossen. Sie konnte also einfach rausgehen. Das Gartentor war, wie gesagt, abgeschlossen. Wir wissen nicht, ob sie rüberklettern konnte oder ob sie zum Fluß runterging und dort am Ufer entlangwatete. Wir haben den Fluß abgesucht, sie aber nicht gefunden."

Die Frau des Goldschmieds schluchzte laut auf, als Busch vom Fluß sprach. Offensichtlich glaubte sie, daß Birgitta ertrunken sei.

„Birgitta fürchtet sich vor dem Wasser", wandte Miranda ein. „Ich glaube nicht, daß sie es gewagt hat, im Wasser zu waten."

„Was glaubst du dann?" fragte Busch. „Überleg einmal ganz genau. Wenn du Birgitta wärst und ihre Phantasie hättest – und ich glaube fast, daß du die hast –, was hättest du dann getan, wenn du entdeckt hättest, daß du frei wärst und überall hingehen könntest? Wohin wärst du gegangen?"

Miranda schwieg. Alle sahen sie an, als wäre sie die einzige, die alles wüßte. Als ob sie ihnen helfen könnte, die Prinzessin zu finden. Und allmählich glaubte sie selbst fast, daß sie das könnte.

„Wenn ich allein sein dürfte", sagte sie. „Ich kann so schlecht denken, wenn alle dasitzen und mich anschauen."

„Du darfst alles machen, was du willst", sagte der Goldschmied.

„Dann geh ich jetzt ins Zimmer der Prinzessin, und danach geh ich die Treppe runter und in den Hof hinaus."

„Tu das", flüsterte die Frau des Goldschmieds.

Alle blieben schweigend sitzen, als Miranda den Salon verließ und die Treppe zum Zimmer der Prinzessin hinaufging. Hier im Haus kannte sie sich gut aus. Sie ging in das Zimmer und setzte sich auf den Schemel an der einen Wand – genauso, wie die Prinzessin damals gesessen hatte, als Miranda sie zum erstenmal gesehen hatte. Sie schlug leicht mit dem Kopf gegen die Wand, genau wie die Prinzessin es getan hatte.

„Ich bin die Prinzessin Florence", dachte sie. „Ich werde jetzt zu meinem Vater, dem König, gehen."

Dann erhob sie sich sachte und ging die Treppe runter. Sie öffnete die schwere Haustür, blieb in dem klaren Sonnenschein stehen und blickte zum Tor. Jetzt, wo keine Prinzessin mehr da war, die bewacht werden mußte, war das Tor bestimmt nicht abgeschlossen. Dort könnte sie also rausgehen.

Doch das tat sie nicht.

Beinahe wie im Traum begab sie sich unter die Obstbäume, schlich an der Hecke entlang, sah das Loch, das mit neuen kleinen Büschen versperrt war. Aber die Hecke interessierte sie nicht. Sie hielt auf die Nebengebäude hinten im Garten zu. Damals, an einem dunklen Herbstabend, als Mama und die anderen Frauen große Wäsche gemacht hatten, war sie auch dort gewesen.

Heute war niemand in der Waschküche. Die Tür war verschlossen. Miranda ging um das Haus herum. An der Rückseite lehnte eine Leiter außen an der Wand. Oberhalb von der Leiter befanden sich zwei Fensterchen. Das eine Fensterchen war angelehnt. Wenn man dünn und gelenkig war, war es einfach, an der Leiter hochzuklettern und durchs Fensterchen zu kriechen. Miranda fiel es nicht schwer. Aber hatte die Prinzessin das gekonnt?

In der Waschküche war es dunkel und kalt. Miranda erschauerte. So dumm konnte doch niemand sein, aus einem hellen, gemütlichen Zimmer an diesen düsteren Ort zu fliehen.

Miranda befand sich in einer Abstellkammer, die

mit altem Gerümpel angefüllt war. Eine Tür führte in einen größeren Raum, in die eigentliche Waschküche. Hier standen die großen Holzzuber, und in der Ecke befand sich der Waschkessel. Entlang der einen Wand lief eine Bank, auf die man Kleider legen konnte. Durch ein größeres Fenster fiel Licht in den Raum, so daß man alles deutlich erkennen konnte. Daher sah Miranda auch das Bündel, das auf der Bank lag, klar und deutlich.

Das war doch keine Wäsche – das war ja ein Mensch, der dort auf dem Rücken lag! Die schwarzen Haare hingen über die Kante der Bank. Der Mensch dort auf der Bank lag völlig regungslos da.

Auf der Bank lag eine Tote!

Miranda schrie. Sie stürzte zur Tür, doch die war abgeschlossen. Als sie die Tür nicht aufbrachte, begann sie wie wild dagegen zu hämmern und zu schreien.

Ich hab noch nie das Meer gesehen

Miranda schlug die Augen auf. Sie wußte nicht, wo sie war. Sie lag in einem schönen, hellen Zimmer mit hübschen Möbeln. Über der Kommode hing ein großer Spiegel. Ein weicher blauer Teppich bedeckte den Fußboden. Zwei große Betten standen in dem Zimmer. Miranda lag in einem davon. Wie war sie hierhergekommen?

Plötzlich erkannte sie alles wieder. Sie lag ja beim

Doktor im Gästezimmer! Man hatte sie auf den blauen Bettüberwurf gebettet. Jemand hatte ihr die Schuhe ausgezogen. Ihr drehte sich der Kopf. Vielleicht träumte sie. Sie schloß die Augen. Als sie wieder aufblickte, war das Zimmer immer noch da. Es war kein Traum.

Langsam kehrte die Erinnerung wieder. Die tote Prinzessin in der Waschküche. Die verschlossene Tür. Sie erinnerte sich daran, wie sie gehämmert und geschrien hatte. Wachtmeister Busch war gekommen und hatte sie aufgehoben und rausgetragen. „Das Mädchen wird ohnmächtig", hatte er gesagt. Und danach erinnerte sie sich an nichts mehr.

Sie lag ganz still da und ließ ihren Tränen freien Lauf. Die Prinzessin war tot. Vielleicht würden jetzt alle glauben, daß Miranda sie in die Waschküche gelockt hatte. Einem Mädchen, das die Prinzessin in die Scheune des Königs gelockt hatte, war alles zuzutrauen.

Die Tür zum Gästezimmer ging langsam auf. Jemand spähte vorsichtig herein.

„Bist du wach?" fragte eine piepsige Stimme. Es war Gull, die größte der Orgelpfeifen. Sie setzte sich auf die Bettkante. „Wie geht's dir?"

„Mir geht's gut. Wie bin ich hierhergekommen?"

„Papa hat dich gebracht. Der Goldschmied ließ ihn holen, weil du ohnmächtig geworden warst."

„Das war wegen der Prinzessin. Es war so schrecklich – sie lag einfach tot da!"

„Wenn du die Birgitta vom Goldschmied meinst, also, die ist nicht tot."

Miranda richtete sich jäh auf. „Ist Birgitta noch am Leben?"

„Natürlich. Warum sollte sie tot sein? Sie hatte sich in der Waschküche versteckt und lag da und schlief."

Miranda sank ins Bett zurück. „Sie sah so tot aus! Lag ganz still da."

„Die meisten Leute liegen still da, wenn sie schlafen", sagte Gull. „Du zum Beispiel liegst schon sehr lange still. Wir haben immer wieder durch die Tür nach dir geguckt. Papa hat dir eine Medizin gegeben, damit du dich etwas beruhigst. Du mußt dich drunten beim Goldschmied so fürchterlich aufgeführt haben, daß sie Papa holen mußten. Er hat sich auch gleich Birgitta angeschaut, aber ihr fehlte nichts. Sie hatte nur einen Riesenhunger. Schlau von ihr, sich in der Waschküche zu verstecken, während alle herumrannten und sie in der ganzen Gegend suchten. Und tüchtig von dir, sie zu finden. Aber manche Leute glauben, du hättest es die ganze Zeit gewußt."

Jetzt kam der Doktor herein. Er nahm einen Stuhl und setzte sich neben das Bett. „Wie schön, daß meine kleine Patientin sich erholt hat", sagte er.

„Ich bin nicht krank", sagte Miranda und setzte sich hin. „Ich muß schnell nach Hause. Meine Mutter weiß nicht, wo ich bin."

„Wir haben deine Mutter benachrichtigt. Wachtmeister Busch ist zu ihr gefahren und hat ihr gesagt, daß du heute nacht hier schläfst."

„Dann glaubt sie, die Polizei hätte mich verhaftet!"

„Ganz und gar nicht. Sie weiß alles. Sie weiß, daß du uns zum Versteck der armen Birgitta geführt hast.

Ziemlich ungeschickt von Busch, nicht in der Nähe des Hauses zu suchen. Wie bist du übrigens darauf gekommen?"

„Das war einfach. Ich verwandelte mich in die Prinzessin – also in Birgitta. Ich stand auf der Treppe und fühlte, was ich getan hätte, wenn ich eine Gefangene gewesen wäre."

„Du wärst also in eine Waschküche gekrochen, und dort wärst du noch mehr eine Gefangene gewesen als vorher. Birgitta konnte nicht wieder rausklettern. Vermutlich erinnerte sie sich gar nicht mehr daran, wie sie hereingekommen war. Jetzt sitzt sie in ihrem eigenen hübschen Zimmer und ist froh, diesem schrecklichen Gefängnis entronnen zu sein."

„Ich glaube, sie hatte vor, sich zuerst in der Waschküche zu verstecken, um danach zu ihrem Vater, dem König, zu gehen", sagte Miranda. „Das hätte ich getan. Es war ihr Pech, daß sie vergaß, wie sie reingekommen war. Sonst wäre sie jetzt schon weit weg."

„So war es das Beste, was passieren konnte", sagte der Doktor. „Jetzt hat sie es gut. Aber vielleicht müssen ihre Eltern sie doch weggeben."

„Nein, das dürfen sie nie tun", sagte Miranda. „Aber sie sollten ihr was vorspielen. Der Goldschmied müßte so tun, als wäre er ihr Vater, der König. Dann wäre sie zufrieden."

Der Doktor lachte. „Du könntest ihre Schwester, die kleine Prinzessin, spielen. Aber der Goldschmied wird nie ein König. Wir Erwachsenen können nicht spielen."

Miranda stand auf. „Jetzt muß ich nach Hause",

erklärte sie. „Ich muß meiner Mutter sagen, daß die Polizei mich nicht geholt hat. Sie muß erfahren, daß ich keine Dummheiten gemacht habe. Ich hab nichts von der Prinzessin gewußt."

„Wie du willst", sagte der Doktor und stand auf.

Diesmal war keine Rede davon, Miranda mit dem Auto nach Hause zu fahren. Gull begleitete Miranda die Treppe runter. Am Fuß der Treppe blieb Miranda stehen. „Darf ich noch eine Sache angucken, bevor ich gehe?"

„Was willst du denn anschauen?"

„Ein Bild. Es hängt in eurer Bibliothek."

Sie gingen in die Bibliothek. Miranda blieb vor dem seltsamen Bild mit den vielen Türen und dem Mädchen im Hintergrund stehen. Lange stand sie da und schaute.

„Warum gefällt dir dieses Bild so besonders?" wollte Gull wissen.

„Irgendwann einmal werde ich so ein Bild malen", erklärte Miranda. „Es ist das schönste Bild, das ich je gesehen habe. Das Licht ganz weit hinten – das ist es, was mir so gefällt. Ich muß lernen, wie man ein Bild so malt, daß es Tiefe bekommt. Alles, was ich male, wird irgendwie platt."

„Wenn ich ein Bild malen würde, müßte es das Meer sein", sagte Gull. „Das Meer ist das Schönste, was es gibt. Das gehört auch zu den Dingen, die in weiter, weiter Ferne verschwinden. Es nimmt kein Ende. Es muß schwer sein, etwas zu malen, das verschwindet, aber trotzdem noch zu sehen ist. Verstehst du, was ich meine?"

„Ja, das verstehe ich", sagte Miranda. „Genau das ist es, was man lernen muß, wenn man Künstler werden will. Aber ich kann nicht einmal versuchen, das Meer zu malen, weil ich das Meer noch nie gesehen habe."

„Du Ärmste", sagte Gull. „Ich würde gern für immer am Meer leben. Obwohl es nur Wasser ist, verändert es sich die ganze Zeit. Das Meer hat die verschiedensten Farben. Blau, Grün, Grau und manchmal beinahe Schwarz. Wenn die Sonne draufscheint, kann es glänzen wie Gold. Und immer bewegt es sich. Es kommt nur ganz selten vor, daß das Meer ganz ruhig ist."

„Irgendwann einmal werde ich ans Meer fahren", sagte Miranda.

Herr Bengtsson fühlt sich nicht wohl

Mama und Miranda waren unterwegs in die Stadt. Mama wollte Arbeit suchen, und Miranda ging zu Herrn Bengtsson.

„Hast du nicht bald fertig gelernt?" fragte Mama. „Wenn man bedenkt, wie oft du jetzt zu diesem Bengtsson gerannt bist!"

„Fertig gelernt hat man nie", sagte Miranda. „Aber ich hab schon viel gelernt. Herr Bengtsson kann so gut erklären. Rechnen ist gar nicht so schwierig, wie ich immer gedacht habe. Und Grammatik macht Spaß."

„Grammatik interessiert mich nicht", entgegnete

Mama. „Davon versteh ich nichts. Das einzige, was ich verstehe, ist, daß du in deinen Sommerferien eine Menge Zeit vergeudest, in der du sonst schwimmen gehen und dich erholen könntest. Das ist doch nicht normal."

Miranda antwortete nicht. Wenn Mama etwas nicht verstehen wollte, konnte man nichts machen. Bestimmt würde Mama nicht traurig sein, wenn Miranda in der Aufnahmeprüfung durchfiele. Bald war August, und dann mußte Miranda beweisen, daß sie bei Herrn Bengtsson alles gelernt hatte, was für die Oberschule nötig war. Sie war allerdings nicht davon überzeugt, daß sie die Prüfung bestehen würde. Herr Bengtsson brachte ihr vielleicht nicht die richtigen Sachen bei. Vielleicht lernte sie lauter verkehrte Sachen. Aber ihr machte der Unterricht trotzdem Spaß. Nur war Herr Bengtsson ziemlich oft krank, daher bekam Miranda nicht so viele Stunden, wie sie eigentlich brauchte.

Heute hoffte sie sehr, daß Herr Bengtsson gesund sein würde. Sie hatte sich große Mühe mit den Hausaufgaben gegeben. Grammatik, das war etwas, was sie besonders gut konnte. Und Herrn Bengtsson machte Grammatik auch mehr Spaß als Rechtschreiben. Subjekt und Objekt und Prädikat, das fiel Miranda nicht schwer, außerdem war es viel spannender als Rechtschreiben.

Bald waren sie in der Stadt angelangt. Mama ging immer langsamer.

„Ich bin gräßlich nervös", sagte sie. „Bestimmt krieg ich die Stelle nicht."

„Was ist es denn für eine Stelle?" fragte Miranda. „Eine neue Kneipe?"

„Du spinnst wohl", sagte Mama. „Glaubst du tatsächlich, daß ich noch weiterhin diese Bierschläuche bedienen will?"

„Es gibt doch auch Gasthäuser ohne Bierschläuche", meinte Miranda. „Und Bierschläuche sind doch auch nicht schlimmer als andere. Warum sind die zum Beispiel schlimmer als Kesselflicker?"

Mama warf ihr einen ärgerlichen Blick zu. „Was du immer mit den Kesselflickern hast! Das sind anständige Leute. Und bei ihnen gibt es auch verschiedene Sorten, genau wie bei den Bierschläuchen. Aber jetzt hab ich fertig bedient. Nie mehr Bedienung, das darfst du mir glauben."

„Was willst du denn dann tun? Verkäuferin in einem Laden?"

„Das würde mir gefallen ... Ich hab gern mit Leuten zu tun, bin ein geselliger Mensch."

„Vielleicht könntest du in Beatas Kurzwarenladen arbeiten?"

Mama schnaubte. „Nie im Leben! Glaubst du, ich will in so einem lumpigen Kramwarenladen arbeiten? Da hab ich schon was Besseres im Sinn. Du erfährst es nachher. Noch weiß ich ja nicht, ob ich die Stelle kriege."

Jetzt mußten sie sich trennen. Miranda lief rasch zu Herrn Bengtsson. Sie war richtig froh. Bald hatte Mama vielleicht wieder Arbeit, und dann brauchten sie nicht mehr so oft Schmalzkartoffeln und Preiselbeermus zu essen. Und es machte auch nichts, wenn

Miranda tagsüber allein sein mußte. In einem Monat fing die Schule wieder an, entweder die alte oder die neue. Das kam ganz darauf an, wie die Prüfung ausfiel. Mama und sie hätten dann wenigstens morgens denselben Weg.

Schließlich stand sie vor Herrn Bengtssons Tür. Sie mußte nach dem Läuten lange warten.

Endlich schaute seine Mutter heraus. Sie sah bekümmert aus. „Ach so, du bist das, Kleine ..."

Sie öffnete die Tür nicht so weit, daß Miranda eintreten konnte. Heute würde es wohl keinen Unterricht geben. Miranda war sehr enttäuscht. Sie hätte so gern gezeigt, wie gut sie mit der Grammatik zurechtkam.

„Samuel fühlt sich heute nicht ganz wohl", sagte die Mutter.

„Wir wollten die Grammatik durchnehmen", sagte Miranda. „Herr Bengtsson wollte meine Hausaufgaben korrigieren."

„Bedaure", sagte die Mutter und zog die Tür zu, bis nur noch ihre rote Nasenspitze sichtbar war. „Samuel kann dich heute nicht empfangen. Komm morgen wieder."

Doch da tauchte Herr Bengtsson persönlich auf und schubste seine Mutter beiseite. Er war im Nachthemd, hatte lange Unterhosen an und pflanzte sich mitten in der Türöffnung auf. Gesund sah er wirklich nicht aus. Seine Wangen waren bleich und schlaff. Seine Augen waren rot unterlaufen, und er verbreitete einen Duft, der Miranda vertraut war. Er roch nach Kesselflicker.

Herr Bengtsson war nicht krank. Er hatte getrunken. Vielleicht hatte er auch ein Fest gefeiert.

„Du kannst etwas später wiederkommen", sagte er. „Bis dahin geht es mir besser. In zwei Stunden vielleicht?"

Die Mutter versuchte, ihn beiseite zu schieben.

„Es hat keinen Sinn", sagte sie. „Das Mädchen muß morgen wiederkommen. Innerhalb von zwei Stunden hast du dich nicht erholt, das weißt du."

„In zwei Stunden geht es mir wieder gut", sagte Herr Bengtsson mit würdevoller Stimme. „Komm in zwei Stunden wieder, dann schauen wir deine Grammatik an. Gib mir schon mal dein Heft, bis dahin hab ich deine Hausaufgaben korrigiert."

Miranda reichte ihm ihr Heft und rannte schnell die Treppe runter.

Lovisa will es sich überlegen

Manchmal passieren Sachen, mit denen man nie gerechnet hätte. Zum Beispiel, daß drei Personen an ein und derselben Straßenecke zufällig zusammentreffen. Drei Personen, die nie vorgehabt hatten, sich ausgerechnet hier und jetzt zu begegnen.

Die zwei Personen, die zuerst gekommen waren, begrüßten sich gerade, als Miranda hinzukam. Genau wie beim letzten Mal gaben sie sich ein klein wenig zu lang die Hand. Und ihre Art, sich gegenseitig anzuschauen, gefiel Miranda ganz und gar nicht.

„Hallo", sagte sie leicht verärgert.

Albert und Lovisa schienen ihre Blicke nur widerstrebend voneinander zu lösen, und Lovisa lächelte immer noch. „Mein Schatz, ich war gerade unterwegs, um dich abzuholen. Ich wußte, daß du heute bei Herrn Bengtsson Unterricht hast."

„Na, das paßt ja großartig", sagte Albert. „Dann müssen die Damen jetzt zu einer Tasse Kaffee mit nach Hause kommen. Ich habe mir soeben bei einem Kunden ein schönes altes Möbelstück angeschaut, das restauriert werden muß."

So kam es, daß Lovisa bereits zum zweiten Mal in Alberts Küche saß. Sie schien sich hier wohl zu fühlen, obwohl die Küche mehr als einfach war. Nicht eine einzige Blume im Fenster, kein Flickenteppich auf dem Boden. Überhaupt nichts Schmückendes. Höchstens Albert selbst, der sich herausgeputzt hatte. Seine schwarzen Haare waren gekämmt, und statt des Arbeitskittels trug er ein dunkelblaues Jackett.

Otto kam aus der Werkstatt und sah aus wie immer – die Haare standen ihm wild vom Kopf ab, und sein Hemd war zerrissen.

Albert musterte ihn bekümmert. „Wir müßten dein Hemd flicken", sagte er. „Aber wir kommen einfach nicht zum Nähen."

„Ihr braucht eine Frau im Haus", sagte Lovisa. „Nächstes Mal bringe ich Nadel und Faden mit, denn so was besitzt ihr wohl nicht?"

„O doch", sagte Albert. „Nähen kann ich schon. Wer sein ganzes Leben als Junggeselle verbracht hat, hat sich schon immer selbst um solche Sachen kümmern müssen. Aber die Zeit reicht hinten und vorne nicht. Die Geschäfte gehen so gut, daß wir abends Überstunden machen müssen. Otto ist ein guter Mitarbeiter. Aber im Herbst kriegt er anderes zu tun. Dann fängt nämlich die Berufsschule an."

„Das sind nur ein paar Stunden am Tag", wandte Otto ein. „Da hab ich trotzdem noch Zeit, um in der Schreinerei mitzuarbeiten. Und weil ich Schreiner werden will, zählt die Arbeit fast wie Schulunterricht, das hat unser Lehrer gesagt."

Miranda betrachtete Otto. Er sah aus wie immer, aber trotzdem war er verändert. Er hatte den spöttischen Gesichtsausdruck verloren, sah aus wie ein selbstbewußter junger Mann, nicht mehr wie irgendein Lausbub.

„Du siehst wie ein Großhändler aus", sagte Miranda.

Alle mußten lachen.

„Was weißt du denn über Großhändler?" fragte Albert. „Und warum ausgerechnet Großhändler?"

Das konnte Miranda nicht erklären. Ihr war das Wort einfach plötzlich in den Sinn gekommen. Großhändler – das klang so mächtig, obwohl sie nicht wußte, was das war.

„Was macht so ein Großhändler?" fragte Otto und sah fast etwas geschmeichelt aus.

„Das ist ein Kaufmann, der einen Großhandel mit Waren betreibt", erklärte Albert. „Einer, der ein Warenlager hat, wo andere Händler Sachen einkaufen können, um sie in ihrem eigenen Geschäft zu verkaufen."

Otto sah noch stolzer aus. Er straffte die Schultern, so daß das zerrissene Hemd, das ohnehin viel zu klein war, in den Nähten krachte.

„Du brauchst neue Hemden", stellte Lovisa fest. „Ich habe daheim Stoff liegen, aus dem ich dir zwei, drei nähen könnte."

Das gefiel Miranda nun wieder gar nicht. Lovisa gehörte ausschließlich ihr. Wenn jemand etwas für Otto nähen sollte, dann wäre das Mama. Und das sagte Miranda auch.

„Wenn Mama Stoff hätte, könnte sie jede Menge Hemden nähen."

Allerdings wußte Miranda ganz genau, daß Mama niemals Hemden nähen würde. Seit Miranda sich erinnern konnte, hatte Mama ihre alte Nähmaschine kein einziges Mal angerührt. Bestimmt konnte Mama gar nicht nähen. Sie hatte versucht, geerbte Kleider für Miranda zu ändern, und das Ergebnis war nie gut geworden.

„Mama kann so manches", sagte Otto, „aber nähen kann sie nicht."

„In Beatas Kurzwarenladen gibt's Hemden", sagte Miranda. „Dort könnt ihr euch welche kaufen, das heißt, wenn ihr es euch leisten könnt."

„Leisten können wir es uns schon", sagte Albert.

„Ich nähe es euch umsonst", sagte Lovisa. „Bevor ich gehe, muß ich nur an Otto Maß nehmen."

Aber in Alberts Haushalt gab es kein Maßband, nur einen Zollstock. Mit einem Zollstock konnte man keine Maße an einer Person abmessen. Doch Lovisa fand eine Lösung. Sie nahm eine Schnur, maß damit und schnitt für jedes abgemessene Teil ein Stück ab. Brustweite, Hüftweite, Länge – das ergab drei Schnurstücke.

„Paß auf, daß du sie nicht verwechselst", sagte Albert. „Sonst wird die Länge zur Hüftweite."

Aber Lovisa maß die Schnurstücke am Zollstock ab und schrieb die Maße auf. Die Hemden für Otto mußten genau passen.

Dann war es an der Zeit aufzubrechen. Miranda beobachtete genau, wie Lovisa und Albert sich verabschiedeten und wie lange sie sich die Hand gaben. Wieder fiel es etwas zu lang aus, aber doch nicht so lang wie vorhin, als sie sich an der Straßenecke begrüßt hatten.

Otto gab niemandem die Hand. Er hatte es eilig, wieder in die Werkstatt zu kommen. „Gruß an Mama", rief er, bevor er verschwand. „Sag ihr, daß ich irgendwann mal vorbeischaue, wenn ich Zeit habe."

Dann gingen Lovisa und Miranda zusammen durch die Stadt. Lovisa schwieg lange.

„Albert ist ein anständiger Mensch", sagte sie schließlich. „Ein guter Vater für Otto."

„Schade, daß Mama ihn nicht heiraten will", sagte Miranda. „Bestimmt wäre er auch ein guter Mann für Mama."

Lovisa ließ sich mit ihrer Antwort Zeit. Sie warf Miranda einen kurzen Blick zu und lächelte. „Willst du, daß deine Mutter Albert heiratet?"

„Ja, das will ich."

„Glaubst du, daß sie zusammenpassen?"

„Sie müßten sich eben aneinander gewöhnen."

„Wenn man etwas älter ist, fällt es einem nicht mehr so leicht, sich an einen anderen zu gewöhnen", sagte Lovisa. „Da muß die Beziehung von Anfang an gut sein. Albert und deine Mutter sind ziemlich verschieden, glaube ich."

Ein Gedanke schoß Miranda durch den Kopf, der ihr aber mißfiel. „Du und Albert, ihr paßt zueinander", sagte sie. „Ihr seid beide so friedlich und lieb. Aber du darfst Albert nicht heiraten."

„Er hat mich nicht gefragt", sagte Lovisa. „Aber wenn er mich je fragen sollte, werde ich mir die Sache vielleicht überlegen."

„Du mußt warten", sagte Miranda. „Ich hab den Richtigen für dich gefunden. Wenn du überhaupt unbedingt jemand brauchst ... Bald kann ich dir verraten, wer es ist."

Lovisa lachte. „Klingt ja spannend. Glaubst du, daß er mich überhaupt haben will?"

„Ihr seid euch nicht fremd", sagte Miranda. „Und wenn du willst, wird er bestimmt auch wollen ..."

„Na, dann werde ich mir auch das überlegen", sagte Lovisa.

Ein Bild mit Tiefe

Nur noch ein Monat war von den Sommerferien übrig. Bald fing die Schule an, und Miranda hatte das Gefühl, überhaupt keine Ferien gehabt zu haben. Sie hatte so viel zu tun, daß die Zeit kaum ausreichte.

Obwohl Herr Bengtsson oft krank war, mußte Miranda den Weg dorthin trotzdem jeden zweiten Tag zurücklegen. Häufig mußte sie an der Tür wieder umkehren. „Ich kann nichts dafür, daß ich eine so wacklige Gesundheit habe", sagte Herr Bengtsson und gab ihr eine doppelte Portion Hausaufgaben auf. „Aber die Aufnahmeprüfung mußt du trotzdem schaffen."

Das mit Herrn Bengtssons wackliger Gesundheit war allerdings so eine Sache. Mama hatte wahrscheinlich recht. Seine Krankheit steckte in der Flasche. Er hatte die Branntweinkrankheit. Aber ein guter Lehrer war er trotzdem. Sie würde die Prüfung bestimmt schaffen.

Inzwischen mußte Miranda sowohl einkaufen als auch kochen. Seit Mama ihre neue Arbeit hatte, reichte ihr die Zeit nicht mehr dafür. Diesmal war es eine Arbeit, die ihr gefiel. An dem Tag, als sie auf Arbeitssuche gewesen war, war sie fröhlich und gutgelaunt nach Hause gekommen.

„So, jetzt bin ich Schrubberin!" verkündete sie. „Deine Mutter geht schrubben!"

Miranda begriff gar nichts. „Gehst du jetzt etwa putzen?"

Mama lachte und tat geheimnisvoll. Schließlich rückte sie damit heraus, daß sie eine Arbeit in der Badeanstalt gefunden hatte. Dort mußte sie den Leuten den Rücken schrubben und die Badezimmer in Ordnung halten.

Allerdings wurde es meistens spät, bis sie nach Hause kam, und dann wollte sie eine ordentliche

Mahlzeit auf dem Tisch haben. Meistens war sie guter Laune. Offensichtlich war es sehr komisch, die Leute nackt zu sehen. Mama lachte, wenn sie von den verschiedenen Gebrechen erzählte, die sie zu Gesicht bekam. Es gab Personen, die in eleganten Kleidern durch die Stadt stolzierten und großartig aussahen, und wenn sie in die Badeanstalt kamen ...

„Die tragen Korsetts", erzählte Mama. „Sie zwängen ihre Bäuche ein, daß sie fast wie Sportler aussehen. Aber in der Badeanstalt kommt die Wahrheit ans Licht. Hahaha! Die Männer sind die Schlimmsten ..."

„Mußt du auch Männern den Rücken schrubben?" fragte Miranda entsetzt.

„Natürlich", sagte Mama. „Frauenzimmer sind doch nicht die einzigen, die sauber sein wollen."

Miranda sagte nichts. Es gefiel ihr nicht, daß Mama mit nackten Männern zu tun hatte. Aber wenn man es sich genau überlegte, hatte es schon immer Berufe gegeben, in denen man Leute ohne Kleider sehen mußte. Ärzte, zum Beispiel. Und Künstler. Es war unmöglich, Menschen abzuzeichnen, wenn man nicht wußte, wie der Körper unter der Kleidung aussah. Sie wußte, daß alle, die Künstler werden wollten, nackte Menschen abzeichnen mußten. Aktzeichnen nannte man das. Und sie hatte vor, Künstler zu werden wie ihr Vater.

Denn ihr Vater war Künstler! Das hatte ihr zwar niemand gesagt, aber sie hatte seine Zeichnungen bei Lovisa gesehen. So gut konnte nur ein Künstler zeichnen. Und der Maler, den sie im Wald getroffen hatte, war höchstwahrscheinlich ihr Vater. Irgendwie war es selbstverständlich, daß er in eine Gegend zurückkehrte, die ihm bereits vertraut war. Das einzig Unerklärliche war, daß er Lovisa noch nicht aufgesucht hatte. Aber auch dafür hatte Miranda eine Erklärung: Er traute sich nicht. Er nahm an, Lovisa sei verheiratet. Er sehnte sich nach ihr, konnte es aber nicht ertragen, sie mit Mann und Kindern zu sehen. Er träumte Tag und Nacht von Lovisa. Eines Tages würde Miranda die beiden zusammenführen, und das würde der glücklichste Tag in ihrem Leben werden.

Aber zuerst wollte sie ein Bild malen, das sie ihm zeigen könnte. Und das mußte ein ganz besonderes Bild werden, damit er gleich sah, wie begabt sie war. Ein paarmal war sie schon zu dem Platz im Wald gegangen, wo sie ihm begegnet war. Aber er war nie da gewesen. Vielleicht malte er sein Bild zu Hause fertig.

Miranda arbeitete täglich an ihrem Bild. Es mußte ein Bild werden, das Tiefe hatte, wie das Bild in der Villa *Ellen-Hill*, das Bild mit den vielen Türen und dem Mädchen, das ganz hinten im Licht saß. Sie zeichnete und malte, was das Zeug hielt, aber jedesmal, wenn sie in dem hintersten Raum ankam, sah alles ganz platt aus. In ihrem Bild wollte einfach keine Tiefe entstehen.

Sie fing von vorne an und versuchte, den hintersten Raum zuerst zu zeichnen. Genauso platt! Wie brachte man Tiefe in ein Bild? Ob es an ihren Buntstiften liegen mochte?

Sie trug ihren Zeichenblock und ihre Buntstifte überall mit sich. Saß manchmal im Freien und zeichnete. Jetzt gerade saß sie in Lovisas Küche, während Lovisa am Herd hantierte und der Regen gegen das Fenster prasselte. Lovisa war genauso bekümmert wie Miranda. Sie wußte auch nicht, wie man Tiefe in einem Bild erzeugte, und sah natürlich ebenfalls, daß alles, was Miranda malte, platt wurde.

„Ich glaube, das hat etwas mit Perspektive zu tun", sagte sie. „Vielleicht kann Herr Bengtsson es dir erklären. Er ist ein sehr gebildeter Mensch, selbst wenn er sein Leben verpfuscht hat."

An diesem regnerischen Tag bekamen sie Besuch. Miranda erschrak so sehr, daß sie am liebsten davongerannt wäre, um sich zu verstecken. Plötzlich stand nämlich der Holzhacker in der Tür. Bestimmt war er wütend auf sie, weil es immerhin ihre Schuld war, daß er sich in die Hand gehackt hatte. Aber nein – er lächelte sie nur an und setzte sich auf einen Stuhl. Seine Hand war dick verbunden.

„Wie geht's deiner Pranke?" fragte Lovisa und stellte den Kaffeekessel auf.

„Das wird wieder", sagte der Holzhacker. „Ich hab Glück gehabt. Hätte mir die ganze Hand abhacken können. Jetzt bin ich mit zwei Fingerkuppen davongekommen."

Miranda nahm ihre Zeichensachen und ging in die Webstube. Sie hatte keine Lust zuzuhören, wie der Holzhacker sich bei Lovisa einschmeichelte. Aber jetzt konnte er wenigstens eine Zeitlang kein Holz hacken. Lovisa mußte das selbst besorgen, und

Miranda schichtete das gehackte Holz im Holzschuppen.

Als Miranda ihr Bild zum dritten Mal an diesem Tag von vorne anfing, kam Harry zu Besuch.

„Aha, die Künstlerin ist am Werk", sagte er.

„Wie zeichnet man Tiefe?" fragte Miranda.

„Möchtest du einen Brunnen zeichnen?"

„Quatsch, du weißt doch, was ich meine. Wie malt man ein Bild, in das man reinlaufen kann?"

„Das hat was mit der Perspektive zu tun", meinte Harry.

„So, jetzt hab ich keine Zeit mehr. Muß noch meine Hausaufgaben für morgen machen."

„Kann ich dir helfen?"

„Ich hab die Schulbücher zu Hause gelassen. Auf dem Heimweg muß ich noch einkaufen, daher muß ich jetzt gehen."

„Und dabei bin ich extra hergekommen, um dich zu treffen. Ich hab's irgendwie gefühlt, daß du hier bist."

„Was wolltest du von mir?" Miranda bekam rote Backen. Sie dachte an den Kuß in Harrys Höhle. Harry war ein großer Junge, der für so ein kleines Mädchen wie Miranda nichts übrig haben konnte. Wenn sie in die Oberschule käme, würde er sie keines Blickes würdigen. Ein Junge in der Dritten würde sich nie mit einer Erstkläßlerin abgeben.

Jetzt saß er da und schaute sie mit seinem üblichen spöttischen Lächeln an. „Ich weiß nicht, was ich von dir will", sagte er. „So ein kleines Küken wie du. Aber ich hab dich gern. Wenn ich dich nicht sehe, hab ich

Heimweh nach dir. Und das hat damit zu tun, daß du so anders bist."

„Wieso anders?"

„Dir passiert immer soviel. Du bist irgendwie spannend."

„Ich bin kein bißchen spannend", sagte Miranda. „Und jetzt muß ich gehen."

„Ich begleite dich."

Lovisa sah sie erstaunt an, als sie durch die Küche gingen.

„Wolltet ihr denn nicht mit uns Saft trinken? Harry ist doch eben erst gekommen ..."

„Wir müssen Hausaufgaben machen und kochen", sagte Miranda. „Das heißt, ich muß das tun."

In der Tür drehte Miranda sich um. Es war ihr nicht recht, daß sie Lovisa mit dem Holzhacker allein lassen mußte. Es paßte ihr nicht, daß er am Küchentisch saß und Lovisa freundlich anschaute. Sie mußte so bald wie möglich dafür sorgen, daß Lovisa und der Maler sich trafen.

„Es gefällt mir überhaupt nicht, daß so viele Mannsbilder hinter Lovisa her sind", sagte Miranda, als sie den Hof überquerten.

„Die Mannsbilder finden Lovisa wahrscheinlich nett", sagte Harry. „Und außerdem sind sie vielleicht scharf auf Oberkirschberg."

„Aber das gehört ihr ja gar nicht", sagte Miranda. „Dein Vater und sein Bruder wollen ja Geld haben."

„Dafür haben sie eine Lösung gefunden. Sie werden Wald verkaufen. Niemand will, daß Lovisa von Oberkirschberg wegzieht. Und du hast doch selbst gesagt, daß ich hier Bauer werden soll."

„Willst du es denn selbst auch?"

„Das haben wir doch ausgemacht. Wenn du Bäuerin wirst ..."

„Mal sehen. Eigentlich möchte ich ja Künstlerin werden."

„Du kannst beides machen. Zwischen dem Melken kannst du malen."

Miranda überlegte. „Es ist auch möglich, daß es mir nie gelingen wird, ein Bild mit Tiefe zu malen. Und dann kann ich keine Künstlerin werden."

„Ich glaube, du schaffst es ..."

„Es dauert noch lang", sagte Miranda. „Jetzt muß ich erst mal Fleischwurst kaufen. Und dann muß ich Hausaufgaben machen. Und bald mach ich die Aufnahmeprüfung!"

„Und dann gehen wir in dieselbe Schule", sagte Harry.

„Bestimmt ist es dir dann nur peinlich, daß du mich kennst", sagte Miranda, schlüpfte in den Fleischerladen und stellte sich hinter zwei dicken Tanten an.

Wenn nur der Blitz einschlagen würde

„Ich hab gehört, daß Lovisa alle naslang bei Albert reinschaut", sagte Mama eines Morgens, während sie sich für die Arbeit fertig machte.

„Sie näht Hemden für Otto", sagte Miranda.

„Was geht sie mein Otto an? Sie braucht sich nicht

in die Angelegenheiten anderer Leute einzumischen!"

„Wer sonst soll Ottos Kleider nähen?" fragte Miranda. „Albert hat keine Zeit. Und du kannst doch nicht nähen."

„Was? Kann ich nicht nähen?" sagte Mama erbost. „Hab ich etwa keine Nähmaschine?"

„... die du nie benützt."

„Ich hab anderes zu tun. Und du kannst Lovisa ausrichten, daß Otto sie gar nichts angeht. Aber ich weiß schon, wo sie der Schuh drückt."

„Was soll das heißen?"

„Sie ist hinter Albert her. Und dafür benützt sie Ottos Hemden. Für so eine alte Jungfer wäre ein Mann wie Albert ein gefundenes Fressen. Ein tüchtiger Schreiner, der Geld verdient. Sie scheint selbst nicht mal so viel zu haben, daß sie ihre Brüder ausbezahlen kann."

„Dafür wird sie schon eine Lösung finden. Sie hat vor, Wald zu verkaufen", sagte Miranda.

„Wer hätte das geglaubt, daß die Weiber dermaßen hinter Albert her sind", sagte Mama. „Ich hätte ihm vielleicht doch nicht den Laufpaß geben sollen ..."

In Miranda keimte eine schwache Hoffnung auf. Vielleicht ... Mama konnte sich ändern. Es wäre am allerbesten, wenn Mama Albert heiraten würde.

„Noch ist es nicht zu spät", sagte Miranda. „Geh doch nach der Arbeit mal vorbei und besuch die beiden. Sie würden sich riesig freuen. Natürlich würde Albert viel lieber dich nehmen. Dann wärt ihr eine richtige Familie. Otto ist doch euer Kind."

„Was du alles daherredest", sagte Mama und lachte. „O nein, Albert ist mir entschieden zu langweilig. Kirchenlieder und Gebete und Heiligkeit, das paßt für so eine wie Lovisa. Sie läuft ja auch so heilig durch die Gegend. Aber meinen Otto hat Albert kaputtgemacht. Man erkennt ihn kaum wieder, er fängt auch schon an, heilig zu werden. Es heißt sogar, daß er vor dem Essen ein Tischgebet spricht."

„Ja, das stimmt."

„Albert hat alles kaputtgemacht, als er zurückkam", klagte Mama. „Wir hatten es so gut miteinander, wir drei. Keine Probleme. Jetzt hat man keine ruhige Minute mehr. Man weiß nie, was die beiden, Lovisa und Albert, als nächstes aushecken. Sie sind hinter meinen Kindern her. Warum mußte Albert sich ausgerechnet in dieser Stadt niederlassen? Wenn er nur wieder wegziehen würde!"

„Dann zieht Otto vielleicht mit."

„Niemals. Otto hängt an seiner Mutter!"

„Vielleicht hängt er noch mehr an Albert."

„Red keinen solchen Unsinn!" schrie Mama. „Immerhin hab ich ihn großgezogen. Er ist bei mir zu Hause und bei niemand sonst! Wenn nur der Blitz in diese verdammte Schreinerei einschlagen würde!"

„Das hast du schon mal gesagt", bemerkte Miranda. „Das find ich schrecklich. Stell dir vor, wenn dich jemand hört."

Mama zog ihre Strickjacke an und fuhr sich übers Haar. Jetzt mußte sie sich auf den Weg zur Arbeit machen.

„Paß gut auf dich auf und mach keine Dummheiten. Ich bin gegen acht wieder da. Stell die Kartoffeln rechtzeitig auf."

„Ich paß auf mich auf", sagte Miranda. „Ich hab Hausaufgaben auf bis morgen. Viele Hausaufgaben. Herr Bengtsson war krank."

„Daß ich nicht lache", sagte Mama. „Diese Krankheit kennt man. Daß Lovisa dich von diesem Schnapsbruder unterrichten läßt, ist rausgeworfenes Geld. Sie braucht ihr Geld wahrhaftig für andere Sachen. Aber wer so dumm ist, ist selber schuld."

Und damit verschwand Mama zur Tür hinaus. Durchs offene Fenster konnte man sie fröhlich vor sich hin summen hören.

Miranda holte ihren Zeichenblock hervor. Noch einmal wollte sie versuchen, ein Bild mit Tiefe zu zeichnen. Die alten Zeichnungen stopfte sie in den Herd. Sie wollte sie gar nicht anschauen. Diesmal würde sie es ganz anders anpacken.

Aber das Ergebnis fiel wieder schlecht aus. Enttäuscht knüllte sie das Papier mit der halbfertigen Zeichnung zusammen und stopfte es zu den anderen in den Herd. Plötzlich hatte sie keine Lust mehr, Hausaufgaben zu machen. Sie brauchte Luft. Nie mehr würde sie ein Bild zeichnen. Und Künstlerin würde sie auch nicht werden.

Sie schloß das Fenster und ging hinaus. Den Türschlüssel schob sie unter die Treppe.

Hochsprung

Es war ein schöner Sommertag. Am liebsten wäre Miranda jetzt an einem See gewesen und hätte gebadet. Sie hatte Geld und hätte zur Kaltbadeanstalt gehen können. Aber sie hatte keinen Badeanzug, und den brauchte man dort natürlich.

Sie ging an einem Hof vorbei, wo ein paar Jungen Hochsprung übten. Die Jungen waren nicht besonders tüchtig, die Latte fiel bei jedem Sprung runter. Miranda blieb stehen und sah zu. Es juckte sie geradezu in den Beinen. Sie spürte, daß sie ohne weiteres über die Latte springen könnte, und mußte über die Schwerfälligkeit der Jungen lachen. Wenn sie es nur ein einziges Mal versuchen dürfte, würden sie sehen, wie leicht Hochsprung war.

Einer der Jungen erblickte sie. „Warum gaffst du so?"

„Weil ich ein paar schlechte Hochspringer seh."

Die Jungen starrten Miranda wütend an. „Spring doch selbst, dann wirst du schon sehen, wie leicht das ist", sagte einer.

Miranda zögerte. Vielleicht war es doch nicht so einfach, wie es aussah.

„Ha, du traust dich ja nicht!" riefen die Jungen.

„Und ob ich mich trau!" Miranda trat in den Hof. Langsam wurde sie doch etwas nervös. Aus der Nähe betrachtet, schien die Latte um einiges höher zu liegen. Die Jungen standen in einem Grüppchen zusammen.

„Bitte sehr, spring uns was vor", sagte der Größte.

Miranda zog Schuhe und Strümpfe aus. Der Rock, den sie heute anhatte, war ziemlich lang. Selbst wenn sie über die Latte käme, würde der Rock sie runterreißen.

„Na, worauf wartest du noch?" sagte einer der Jungen. „Du brauchst bloß zu springen."

Kurzentschlossen streifte Miranda ihren Rock ab. Daß die Jungen lachten, kümmerte sie nicht. Sie hatte die feine Unterhose an, die Lovisa genäht hatte, weiß mit Spitzenstickereien. Wer so schöne Unterhosen trug, brauchte sich nicht zu schämen.

Sie trat ein paar Schritte vom Hochsprunggestell zurück und federte leicht auf und ab. In den Beinen kribbelte es. Eines wußte sie genau – sie hatte starke Beine. Wer so viel unterwegs war wie Miranda, bekam starke Beinmuskeln. Ihre Wanderbeine mußten diesen Sprung schaffen.

Auf dem Hof war es ganz still.

Miranda spuckte in die Hände und hüpfte noch ein paarmal auf und ab. Und dann sauste sie auf die Latte los. Sie hatte das Gefühl, in die Luft hinaufzufliegen und einfach über die Latte rüberzuschweben. Bei der Landung fiel sie hin und schlug sich das eine Knie auf. Aber das machte nichts. Sie hatte den Sprung geschafft. Am liebsten hätte sie die Latte noch höher gelegt und gezeigt, daß sie es noch besser konnte.

Die Jungen standen immer noch schweigend da.

Vielleicht waren sie sauer, weil Miranda es geschafft hatte.

„Donnerwetter", sagte der größte Junge endlich. „Ich hätte nie geglaubt, daß Mädchen springen können."

Miranda zog ihren Rock wieder an. „Ich habe starke Beine", sagte sie. „Für Hochsprung braucht man starke Beine."

„Wir haben das Gestell eben erst gebaut", erklärte ein anderer Junge, „und haben daher noch nicht viel geübt. Wo hast du geübt?"

„Nirgends. Ich hab noch nie Hochsprung gemacht. Hatte keine Ahnung, daß es so einfach ist."

Inzwischen hatte sie den Rock zugeknöpft und Schuhe und Strümpfe angezogen.

„Du darfst gern wieder herkommen und springen", bot der größte Junge an. „Wenn wir ordentlich geübt haben, werden wir dich schlagen."

„Vielleicht komme ich", sagte Miranda und ging wieder auf die Straße hinaus. „Hochsprung macht mir Spaß. Aber vielleicht mach ich mir auch selbst ein Gestell."

Als sie wieder heimwärts ging, fühlte sie sich leicht und froh. Jetzt würde sie sich tüchtig ins Zeug legen und wie eine Wilde lernen. Wenn sie je in die Oberschule käme, würde sie bei einem Leutnant Turnunterricht haben, und da durfte man bestimmt auch Hochsprung üben. Wer weiß, vielleicht hatte sie das Zeug zu einer Sportlerin?

Wenn man erst mal eine Sache hingekriegt hat, kann man bestimmt auch andere Schwierigkeiten bewältigen. Vielleicht würde sie bald in der Lage sein, ein Bild mit Tiefe zu malen.

Der gelungene Hochsprung hatte ihr neue Hoffnung gegeben.

Der Richtige

Lovisa saß am Webstuhl. Miranda arbeitete an ihrem Bild. Noch war es ihr nicht gelungen, noch konnte sie nicht zu dem Maler gehen und ihr Werk vorzeigen.

Jemand kam über den Hof. Sie sah durchs Fenster, daß es der Holzhacker war.

„Der hat wohl auch nichts anderes zu tun, als andauernd bei dir raus und rein zu rennen", sagte Miranda erbost. „Was will der eigentlich hier?"

„Er braucht Gesellschaft", erklärte Lovisa. „Er ist ziemlich einsam."

„Dann soll er jemand anders besuchen", meinte Miranda.

„Man kann die Leute nicht einfach fortschicken", sagte Lovisa. „Hier auf Oberkirschberg haben wir stets eine offene Tür gehabt."

Jetzt klopfte es. „Mach bitte auf", sagte Lovisa.

Langsam ging Miranda in den Flur, doch da war der Holzhacker schon eingetreten.

„Lovisa ist beschäftigt", sagte Miranda. „Sie webt."

„Ich will nicht stören", sagte der Holzhacker. „Möchte mich nur ein bißchen unterhalten."

Er ließ sich auf einem Stuhl in der Küche nieder. Miranda sah, daß der Verband kleiner geworden war.

„Es ist schwierig, sich beim Weben zu unterhalten", sagte sie. „Das Weben ist Lovisas Arbeit. Sie muß Geld verdienen, und dabei darf man sie nicht stören."

„Ich glaube, du hast was gegen mich", sagte der Holzhacker. „Dies ist nicht das erste Mal, daß du mich wegschicken willst. Letztes Mal hätte ich mir fast die Hand abgehackt."

Er lachte sie mit freundlichen, fröhlichen Augen an. Eigentlich fiel es schwer, ihm böse zu sein.

„Ich möchte Lovisa helfen", sagte Miranda. „Sie ist so lieb, kann nie nein sagen, selbst wenn sie es will. Die Leute drängen sich einfach auf."

„Aha, du findest also, daß ich mich aufdränge. Sonst habe ich eigentlich ebenfalls vor, Lovisa zu helfen. Wenn meine Hand erst geheilt ist, werde ich wieder Holz hacken und ihr schwere Arbeiten abnehmen. Dagegen hast du doch hoffentlich nichts einzuwenden?"

Miranda antwortete nicht. Lovisa tauchte in der Tür auf.

„Wo bleibt ihr denn?" fragte sie. „Willst du nicht reinkommen und mich begrüßen, Anders?"

„Miranda versucht mich wegzuschicken", sagte er. „Du darfst nicht gestört werden."

„Im Augenblick freue ich mich darüber, gestört zu werden. Ich hab Lust auf eine Tasse Kaffee und werde jetzt den Kaffeekessel aufstellen. Miranda deckt bestimmt den Tisch."

Widerstrebend begann Miranda, den Küchentisch zu decken. Jetzt würde dieser dämliche Anders natürlich ewig hier herumhocken. Sie selbst mußte sich bald auf den Heimweg machen. Heute war Mamas freier Nachmittag, da mußte das Essen früher als sonst fertig sein.

Als Anders seine dritte Tasse Kaffee getrunken hatte, hielt Miranda es nicht mehr aus.

„Du hast es doch so eilig", sagte sie zu Lovisa. „Du wolltest doch heute noch bis zum roten Rand kommen!"

„Stimmt, die Pflicht ruft", sagte Lovisa. „Wer mir Gesellschaft leisten will, muß in die Webstube mitkommen."

Sie stand auf, und Miranda starrte den Holzhacker grimmig an. Hoffentlich verschwand er endlich.

Er lächelte. „Ich will nicht länger stören", sagte er. „Bin nur zufällig vorbeigekommen. Nächste Woche kann ich wahrscheinlich wieder Holz hacken. Und da werde ich dafür sorgen, daß kein böser Blick mir die Axt verhext!"

Dann saßen sie wieder in der Webstube. Lovisa schlug mit dem Kettenbaum, und Miranda machte einen dritten vergeblichen Versuch, ein Bild mit Tiefe zustande zu bringen.

„Du brauchst diesem Anders gar nicht so schönzutun", sagte Miranda.

„Was soll das heißen – schöntun?" fragte Lovisa. „Das tu ich gar nicht. Allen, die reinschauen, biete ich Kaffee an. Alten Leuten, Kindern ..."

„Aber er ist hinter dir her", sagte Miranda.

„Du willst wohl, daß ich als alte Jungfer sterbe", sagte Lovisa. „Findest du nicht, daß ich lange genug allein gewesen bin?"

„Du mußt den Richtigen nehmen!"

„Und wer ist der Richtige?"

„Ich hab dir doch schon gesagt, daß ich ihn gefunden habe", sagte Miranda.

„Und wo ist er?"

„Das werde ich dir bald sagen."

„Und wenn ich ihn nicht haben will?"

„Keine Sorge. Wenn du ihn siehst, wirst du es wollen. Und er wird dich haben wollen. Alles wird klappen. Hauptsache, ihr trefft euch. Du mußt mir versprechen zu warten."

„Ich glaube, das habe ich schon versprochen. Ich warte und warte, habe das Gefühl, mein ganzes Leben lang gewartet zu haben. Auf dich und auf den Richtigen ... Am allermeisten warte ich darauf, daß du zu mir ziehst und bei mir wohnst und ganz und gar mein Kind wirst."

„Darauf warte ich auch", sagte Miranda. „Aber jetzt muß ich nach Hause und Mittagessen kochen."

Sie zerknüllte ihre Zeichnungen und warf sie in Lovisas Abfallkorb.

Mein Vater, der König

Eines Abends kam Otto zu Besuch. Er hatte viel zu erzählen. Sauber und gut gekämmt saß er auf dem Küchensofa und sah wie ein Ehrengast aus. Und geehrt wurde er tatsächlich. Mama rannte in der Küche hin und her und wußte nicht, was sie ihm alles auftischen sollte. Und Otto redete und redete.

Die *Schreinerei A und O* hatte vollauf zu tun. Die Geschäfte gingen gut, und Otto machte die Arbeit Spaß.

„Vater findet, daß ich gut arbeite", sagte er. „Und die Leute stehen Schlange, um ihre alten Möbel herrichten zu lassen. Aber ich mache lieber neue Möbel. Vater dagegen hat mehr Spaß an den alten Sachen. Neulich waren wir beim Goldschmied, um einen alten Eckschrank anzuschauen. Ich sollte eigentlich nicht mitkommen, aber ich war neugierig auf diese komische Person und bin einfach mitgegangen."

„Hast du sie gesehen?" Miranda beugte sich gespannt über den Tisch. Es war, als hätte sie eine Art Verantwortung für die Prinzessin.

„Nicht sofort. Ihr Vater war mit ihr im Auto unterwegs. Angeblich fährt er jeden Tag mit ihr spazieren, um ihr eine Freude zu machen. Sie hoffen, daß ihr die Lust aufs Ausreißen vergeht, wenn sie sich die Gegend anschauen darf. Es war die Frau des Goldschmieds, die uns den Schrank zeigte. Er stand im oberen Stock. Überall war's piekfein!"

„Hast du das blaue Zimmer gesehen?"

„Hab in ein paar Zimmer reingelinst. Aber ich hab mir nicht gemerkt, was für Farben sie haben. Ich hätte gern das Zimmer gesehen, in dem die Tochter eingesperrt ist. Das mit dem Gitter. Aber das durfte ich nicht sehen. Die Frau des Goldschmieds und Vater haben sich ausschließlich für den Schrank interessiert. Sie sagte, daß er sehr alt sei. Ein Familienerbstück. Am liebsten wäre es ihr gewesen, wenn Vater ihn an Ort und Stelle repariert hätte. Aber das geht nicht, hat er gesagt. Und während wir dort oben vor dem Schrank standen, kamen der Goldschmied und seine Tochter. Sie sah fast normal aus, nur eben mit einer Menge Schmuck behängt. Sie gingen durch das Zimmer – und da ist es passiert!"

„Was ist passiert?" Miranda zitterte fast.

„Die Irre wurde wie wild, als sie Vater sah. Erst hat sie ihn bloß angestarrt, als wäre er ein Gespenst. Und Vater starrte zurück. Ich überlegte, ob er irgendwie komisch aussah. Aber er sah aus wie immer, hatte nur diese scheußliche Weste an, ihr wißt schon, die rote. Und das war's wohl. Wahrscheinlich mag sie rot besonders gern. Auf jeden Fall stürzte sie plötzlich auf Vater zu und warf sich auf die Knie und schlang die Arme um seine Beine und heulte los. Das war vielleicht unheimlich! ‚Mein Vater, der König', schrie sie. ‚Mein geliebter Vater ... Endlich bist du gekommen, um mich zu befreien.' Ihr hättet Vater sehen sollen. Er versuchte, sich von ihr zu befreien. Aber sie hing fest wie eine Klette. Und er konnte ja nicht gut Gewalt anwenden. Also blieb er einfach stehen und ließ sich von dieser Person umklammern. Ich hab Vater noch nie mit so einem dämlichen Gesicht gesehen. Und die Frau des Goldschmieds zog und zerrte an der Tochter und sprach in Babysprache auf sie ein. Der Goldschmied versuchte ebenfalls, sie wegzuziehen. Aber sie war stark und schrie: ‚Ihr könnt mich nie von meinem Vater, dem König, trennen.' Und die ganze Zeit glotzte sie Vater mit ihren großen Augen an. Mir wären fast die Tränen gekommen. Und dann sagte sie: ‚Bitte, lieber Vater, jetzt nimmst du mich doch mit in das Schloß im Tal? Dort werden wir wohnen, nur du und ich.' Die Goldschmiedfrau flüsterte mir zu, daß ich in die Küche laufen und Hilfe holen sollte. Und das machte ich auch. Zwei Frauenzimmer kamen rauf, und gemeinsam brachten sie das Mädchen dann weg und schleppten sie in ihr Gefängnis. Es war schrecklich. Sie schrie die ganze Zeit und versuchte, die Arme nach Vater auszustrecken. Dann gingen wir. Vater war ganz bleich, und der Schweiß stand ihm auf der Stirn. Und ich schlug vor, daß wir die Sache mit dem Eckschrank einfach lassen sollten. Aber das wollte Vater nicht. Morgen holen wir den Schrank mit dem Auto ab."

„Auto?" schrie Mama. „Habt ihr euch ein Auto zugelegt?"

„Das kann man wohl sagen." Otto grinste stolz. „Vater hat einen alten Lastwagen gekauft. Schließlich muß man die vielen Möbel, die wir reparieren, auch irgendwie transportieren. Demnächst kommen wir mit dem Auto hier vorbei. Vielleicht können wir an irgendeinem Sonntag eine Fahrt aufs Land machen, meint Vater."

„Na so was, mein Sohn hat ein Auto!" sagte Mama.

„Es gehört der Firma", sagte Otto.

Aber Miranda interessierte sich nicht für das Auto. Warum hatte die Prinzessin geglaubt, daß Albert ihr Vater, der König, sei? Lag es an der roten Weste? Die Prinzessin hatte ja erzählt, daß der König rote Kleider trug. Oder lag es daran, daß Albert wie ein König aussah? Das mußte es sein. Albert war groß und dunkel, und mit seiner roten Weste mußte er genauso ausgesehen haben, wie die Prinzessin sich den König vorgestellt hatte.

Es war eine traurige Geschichte, die Otto da erzählt hatte, aber gleichzeitig war sie auch schön. Und Albert war kein gewöhnlicher Mann. Albert war beinahe wie ein König.

Die Dame im schwarzen Badeanzug

Endlich! Miranda war fast zufrieden mit ihrem Werk. Wenn sie das Bild auf dem Spültisch an die Wand lehnte und soweit wie möglich nach hinten ging, konnte man eine Tiefe ahnen. Herr Bengtsson hatte es ihr beigebracht, er hatte ihr das mit der Perspektive erklärt. In die obere Hälfte des Papiers hatte sie einen Punkt gezeichnet, auf den gezeichnete Strahlen zuliefen, und im selben Maße, wie der Abstand zwischen den Linien enger wurde, wurden auch die Türen kleiner. Gut war es zwar nicht, irgend etwas fehlte immer noch. Sie begriff einfach nicht, was es war, aber vielleicht konnte der Maler es ihr erklären. Am Licht im hinteren Zimmer lag es auf jeden Fall nicht, sie hatte fast ihre gesamten gelben Kreiden verbraucht. Und in diesem gelben Licht saß etwas, was einer Gestalt ähnlich sah.

Jetzt hatte Miranda vor, den Maler in Schweine-Augusts Heidekate am Heidesee aufzusuchen. Sie wußte, wo das Häuschen lag. Vor langer Zeit war sie beim Preiselbeerenpflücken mit Mama daran vorbeigegangen. Sie hatte kaum gewagt, das Häuschen anzuschauen. Sie hatte vor Schweine-August Angst gehabt. Wie konnte jemand freiwillig dort wohnen? Vielleicht, weil es am See schön war? Sie hatte damals ja kaum in diese Richtung geschaut.

Jetzt war sie dorthin unterwegs. Es war ein weiter Weg, aber das machte nichts. Wenn man wußte, daß man möglicherweise seinen Vater treffen würde, konnte man endlos lange marschieren. Und außerdem würde sie endlich erfahren, ob für sie eine Hoffnung bestand, Künstlerin zu werden. Nicht auszudenken, wenn der Maler sagen würde: Hat keinen Sinn, du brauchst nicht weiterzumalen. Du bist unbegabt. Pure Zeitverschwendung!

Sie versuchte sich damit zu trösten, daß sie dann vielleicht Hochspringerin werden könnte – eine gute Sportlerin. Aber das konnte man nicht ein Leben lang betreiben. Irgendwann mußte man ja auch Geld verdienen. Allerdings hatte sie vor, Bäuerin zu werden und mit Harry auf Oberkirschberg zu leben. Aber das würde sie erst tun, wenn Lovisa nicht mehr da wäre. Und an so traurige Sachen wollte sie lieber nicht denken.

Lange hatte der Weg durch den dunklen Wald geführt. Aber jetzt lichteten sich die Bäume, und hinten glitzerte der Heidesee. Die Heidekate lag direkt am Ufer. Miranda blieb wie angewurzelt stehen. So hatte das früher, als Schweine-August hier lebte, nicht ausgesehen. Hier war es hell und schön. Das Häuschen hatte über Eck einen Anbau erhalten. Ein grüner Rasenteppich erstreckte sich zum See hinunter. An einem schmalen Steg lag ein weißes Ruderboot.

Langsam ging sie auf das Haus zu. Kein Mensch war zu sehen. An der Ecke zum Anbau standen Gartenmöbel. Neben einer Kaffeetasse auf dem Tisch lag ein aufgeschlagenes Buch. Der Maler mußte also daheim sein. Miranda überlegte, ob sie sich auf einen Stuhl setzen und warten oder ob sie ins Haus reingehen sollte. Anklopfen konnte man nicht, die Tür stand nämlich weit offen.

Als sie sich soeben hinsetzen wollte, tauchte jemand in der Tür auf. Welch eine Enttäuschung! Es war nicht der Maler, sondern eine Frau in einem schwarzen Badeanzug. Sie machte ein erstauntes Gesicht.

„Nanu, haben wir Besuch?"

Miranda machte einen Knicks und preßte ihr Bild an die Brust.

„Ich wollte den Maler besuchen", erklärte sie.

„Er ist jetzt gerade nicht da, kommt aber bestimmt bald. Du kannst dich ruhig solange hinsetzen und warten."

Miranda ließ sich auf einen Stuhl sinken. Sie war schrecklich enttäuscht. Der Maler durfte keine Badeanzugsdamen im Haus haben. Er sollte alleine sein und auf Lovisa warten. Die Dame im schwarzen Badeanzug setzte sich. Miranda blickte an ihr vorbei. Sie schwiegen ziemlich lange.

„Vielleicht kann ich dir irgendwie helfen", sagte die Dame schließlich.

Miranda schüttelte den Kopf. Es gab nur eine Möglichkeit, wie die Dame ihr hätte helfen können – wenn sie ganz einfach verschwinden würde.

„Kennst du meinen Mann?" fragte die Dame.

Miranda erstarrte. Das auch noch! Die Dame hätte doch die Schwester des Malers sein können! Aber gegen eine Frau konnte man nichts machen. Die konnte er nicht loswerden, selbst wenn er Lovisa träfe und entdeckte, daß sie seine einzige wahre Liebe war.

„Ein bißchen kenne ich ihn", sagte Miranda. „Ich hab zugeschaut, als er in der Waldlichtung gemalt hat. Ich wußte nicht, daß er verheiratet ist."

Die Dame lachte. „Was macht das schon, daß er verheiratet ist? Hattest du dir Hoffnungen auf ihn gemacht?"

Miranda preßte die Lippen zusammen. Auf so eine dumme Frage brauchte sie nicht zu antworten.

„Entschuldige", sagte die Dame. „Ich hab nur Spaß gemacht. Möchtest du das Bild anschauen? Das er in der Lichtung gemalt hat?"

„Ja, bitte ..." Miranda stand auf und folgte der Dame ins Haus.

„Interessierst du dich für Malerei?"

„Wenn der Maler glaubt, daß ich das Zeug dazu habe, möchte ich Künstlerin werden. Er hat mir versprochen, mein Bild anzuschauen."

Die Dame lächelte. Sie hatte schiefe Zähne, was ihrem Lächeln etwas Spitzbübisches verlieh. Obwohl Miranda alles andere als begeistert davon war, daß der Maler verheiratet war, gefiel ihr seine Frau recht gut.

„Hoffentlich kommt er bald", sagte die Dame. „Er ist unterwegs, um Motive zu suchen. Möchtest du mal in unsere Werkstatt reinschauen?"

„Malst du auch Bilder?" fragte Miranda.

„Ich mache Skulpturen."

„Das muß ja fast noch schöner sein als malen", sagte Miranda. „Wenn man das, was man schafft, mit den Händen fühlen kann."

„Das hast du schön gesagt", bemerkte die Dame. „Dies ist unser Atelier."

Sie hatten einen dunklen Flur durchquert und traten jetzt in ein großes, helles Zimmer. Ein wundervolles Zimmer. Viele Fenster. Keine Tapeten. Die Holzwände weiß gestrichen. Überall hingen Bilder. Miranda holte tief Luft. Am liebsten würde sie tagelang hierbleiben und die Bilder nur anschauen. Diese Bilder hatten genau jene Tiefe, von der sie träumte.

„Hat er alle diese Bilder gemalt?"

„Ein paar stammen von mir. Diese kleinen hier mit

den Kinderköpfen. Wir malen ganz verschieden. Das hier ist mein Teil des Ateliers."

Auf einem langen Tisch vor einem der Giebelfenster standen die Tonarbeiten, lauter Kinderköpfe.

Miranda ging hin und schaute sie an. Sie bekam Lust, die runden kleinen Köpfe zu streicheln.

„Du hast Kinder gern", stellte sie fest.

„Ich liebe sie. Aber ich selbst habe keine. Vielleicht ist das der Grund, warum ich so gerne Kinder porträtiere. Ich spüre es in meinen Händen, wie ein Kinderkopf aussehen muß. Ich brauche keine Vorbilder dafür."

„So muß es wahrscheinlich sein", sagte Miranda. „Ein Künstler trägt das Bild in seinem Inneren. Auch wenn er die Wirklichkeit sieht, kann das Bild anders werden. Und das ist dann trotzdem richtig, weil es das eigene Bild des Malers ist. Oder des Bildhauers ..."

„Du verstehst vielleicht selbst noch nicht, wie klug du daherredest", sagte die Dame. „Schon möglich, daß du eine zukünftige Künstlerin bist. Erland wird es schon wissen, wenn er dein Bild gesehen hat. Hol es lieber ins Haus, falls es regnen sollte."

Miranda rannte hinaus und holte ihr Bild, das sie auf den Gartentisch gelegt hatte. Sie preßte es fest an die Brust. Nur der Maler durfte es sehen. Inzwischen wußte sie, daß er Erland hieß. Hatte der Mann, der bei Oberkirschberg im Wald gearbeitet hatte, auch so geheißen? Seinen Namen hatte Lovisa nie erwähnt.

„Du darfst dich gern im Atelier umschauen, wäh-

rend ich Lunch mache", sagte die Frau des Malers.
„Aber vorher mußt du mir noch verraten, wie du heißt. Ich heiße Py."
„Ich heiße Miranda."
„Ein ungewöhnlicher Name", sagte die Frau des Malers.
Und damit ließ sie Miranda allein im Atelier.

Das, wonach man sich sehnt

Miranda merkte gar nicht, daß der Maler kam. Sie stand im Atelier und schaute ein Bild an, ein sehr schönes Bild, fast so schön wie das Bild beim Doktor. Ein Bild, das Tiefe hatte. Aber dieses stellte keine lange Reihe von Zimmern dar. Hier war es ein Weg, der seitlich von kleinen Häusern gesäumt war. Der Weg verschwand in weiter, weiter Ferne. Wurde immer schmaler, bis er ins Nichts überging. Und genau dort, wo er verschwand, war das Licht.

Genau so würde Miranda gerne malen. Aber ihr Weg würde vermutlich nur ein kurzes Wegstück werden, das abrupt aufhörte. Die wahre Kunst bestand darin, den Weg so aussehen zu lassen, als nähme er kein Ende.

Plötzlich spürte sie, daß jemand hinter ihr stand. Sie drehte sich um, und ihre Wangen wurden ganz heiß. Es war Erland, der Maler, der Mann, der vielleicht ihr Vater war. So liebevoll konnte nur ein Vater sein Kind anlächeln.

„Endlich kommst du", sagte er. „Ich habe mich schon gefragt, wo du bleibst. Du wolltest mir doch ein Bild zeigen."

„Es hat so lange gedauert, bis es fertig wurde", sagte Miranda. „Ich wollte, daß es richtig gut wird, bevor ich es zeige. Aber ganz gut ist es doch nicht geworden. Ich weiß nicht, wie man die richtige Tiefe hinkriegt."

„Ja, genau das ist die Kunst", sagte er.

„Ich weiß. Kannst du mir das beibringen?"

„Vielleicht. Darf ich dein Bild mal sehen?"

Miranda holte ihr Bild von einem Tisch neben der Tür. Lange hielt sie es an die Brust gepreßt. Das hier war noch viel schlimmer als die Aufnahmeprüfung in die Oberschule. Es war viel wichtiger, daß der Maler ihr Bild gut fand, als daß sie eine tüchtige Schülerin war.

„Nun, willst du mir deine Kunst nicht zeigen?" fragte der Maler.

„Ich hab Angst", sagte Miranda. „Wenn du sagst, daß es schlecht ist, werde ich sehr traurig."

„Ich kann verstehen, was du fühlst", sagte er. „So ist es für uns alle, wenn andere etwas beurteilen sollen, in das man sein ganzes Herz gelegt hat. Etwas, das einen glücklich gemacht hat, während man daran arbeitete. Diese Belastung muß man ertragen. Traust du dir das zu?"

„Es ist nur so, daß ich dann keine Hoffnung mehr habe."

„Bedeutet dir das so viel?"

„Ja, das tut es. Wenn alles traurig und hoffnungslos

ist und ich schlecht in der Schule bin, dann ist es herrlich, wenn die Lehrerin sagt, daß ich gut im Zeichnen bin. Aber vielleicht versteht sie ja gar nichts davon. Wenn du sagst, daß es schlecht ist, bin ich enttäuscht."

„Aber Kindchen, so würde ich das nie sagen. Wenn jemand alles für die Kunst einsetzen will, raubt man ihm doch nicht seine ganze Hoffnung. So, und jetzt zeig mir dein Bild."

Miranda reichte ihm ihr Bild, und der Maler sah es lange an. Aufrecht und regungslos blieb sie vor ihm stehen und versuchte an seinem Gesicht abzulesen, was er dachte.

Schließlich sah er sie an. Er machte ein ernstes Gesicht. Sie verstand, warum. Ihr Bild war schlecht, und jetzt versuchte er es irgendwie freundlich auszudrükken, damit sie nicht allzu traurig wurde.

„Dein Bild gefällt mir", sagte er. „Ich glaube, daß du dasselbe suchst wie ich. Das, was in weiter Ferne liegt, etwas, das man vielleicht nie erreicht, aber wonach man sich sehnt."

Tränen traten Miranda in die Augen. Jetzt war sie davon überzeugt, daß Erland ihr Vater war. Wie wäre es sonst möglich, daß sie sich nach denselben Dingen sehnten?

Py kam an die Tür. „Es gibt Lunch", teilte sie mit. „Was macht ihr denn für komische Gesichter? Ach, das ist also Mirandas Bild! Darf ich es mal anschauen?" Sie schnappte sich das Bild und sah es lange an. „Das Mädchen ist nicht unbegabt", sagte sie schließlich.

„Ich glaube an sie", sagte Erland. „Wer sich so sehr nach dem Unerreichbaren sehnt, muß die richtige Gabe besitzen. Ich weiß, was sie sucht. Und ich werde versuchen, ihr beizubringen, was sie tun muß, um es zu erreichen."

„Sie sucht dasselbe wie du", sagte Py. „Das, was in weiter Ferne liegt. Das ist der Unterschied zwischen uns. Ich beschäftige mich mit den naheliegenden Dingen. Ich glaube fast, daß du und Miranda verwandte Seelen seid."

Miranda stand stumm da. Welch ein schöner Ausdruck! Den würde sie nie vergessen. Zwei verwandte Seelen. Erland und sie hatten verwandte Seelen. Das konnte nur eins bedeuten – sie waren tatsächlich verwandt. Vater und Tochter. Bald würde sie es ihm sagen.

Dann merkte sie, daß Erland und Py sie anschauten. Beide lachten.

„Träumst du?" sagte Py. „Du hörst ja gar nicht, daß wir mit dir reden. Wovon träumst du? Daß du eine große Künstlerin wirst? Du mußt wissen, daß der Weg dorthin lang und mühselig ist und voller Enttäuschungen. Aber wenn man nicht aufgibt, erreicht man vielleicht das Ziel."

„Ich werde nicht aufgeben", sagte Miranda. „Der Weg ist vielleicht wie Erlands Weg auf dem Bild. Aber das ist ein schöner Weg, auf dem ich gern gehen möchte."

„Und ich werde dir helfen, so gut es geht", sagte Erland.

Lunch im Grünen

Miranda saß mit Py und Erland am Gartentisch und aß Lunch. Lunch war etwas, was nur feine Leute aßen. So ein Zwischending zwischen Frühstück und Mittagessen. Dieser Lunch bestand aus einem Pilzomelett. Pilze mochte Miranda nicht, und Omelett war sie nicht gewöhnt. Das schmeckte wie trockenes Rührei.

Py redete viel, sie war neugierig auf Miranda. Aber Miranda hatte keine Lust, etwas von sich zu erzählen. Sie hatte genug damit zu tun, die Pilze hinunterzuwürgen. Am liebsten wäre sie mit Erland allein gewesen und hätte ihn wichtige Dinge gefragt.

Endlich ging Py ins Haus, um den Kaffee aufzustellen. Jetzt mußte Miranda die Gelegenheit ausnützen.

„Hast du irgendwann mal im Wald gearbeitet, bevor du Maler wurdest?"

Erland machte ein erstauntes Gesicht. „Warum fragst du das?"

„Ich wollte es nur wissen. Man kann ja nicht sofort Künstler werden. Vielleicht muß man erst mal auf irgendeine andere Art sein Geld verdienen."

„Da hast du recht. Ich hab auf meinem Weg so manches versucht. Ein mittelloser Junge kann nicht einfach eine Staffelei aufstellen und anfangen zu malen."

„Was hast du denn alles gemacht?"

„Alles mögliche. Das läßt sich kaum alles aufzählen. Ich hab als Verkäufer gearbeitet, im Büro, bei einem Landvermesser, und einen Sommer lang hab ich auf einem Hof gearbeitet ..."

„Auf welchem Hof? Aber das weiß ich schon ..."

„Woher willst du das wissen?"

Miranda sah ihn mit leuchtenden Augen an. Das Gelächter in ihr wollte nach oben sprudeln. Jetzt würde sie es ihm erzählen. „Du hast eine Tochter", sagte sie. „Aber davon weißt du nichts."

Der Maler sah aufrichtig überrascht aus. Er hob die Augenbrauen. „Nein, davon weiß ich tatsächlich nichts. Viel muß man zu hören kriegen ..."

„... bevor einem die Ohren abfallen. Das sagt meine Mutter immer. Aber sie ist nicht meine richtige Mutter. Meine richtige Mutter kennst du."

„Du versetzt mich wirklich in Erstaunen. Woher hast du das alles?"

Py kam mit der Kaffeekanne und blieb in der Türöffnung stehen. „Jetzt seht ihr schon wieder so komisch aus", stellte sie fest. „Erland macht ein Gesicht, als wäre der Mond runtergefallen. Und Miranda scheint vor lauter Geheimnissen schier zu platzen."

„Ja, genau das trifft zu", sagte Erland. „Sie erzählt die unglaublichsten Dinge. Hoffentlich kannst du sie verkraften."

Py stellte die Kaffeekanne auf den Tisch und setzte sich neben Miranda. „Erzähl", sagte sie. „Ich werd's schon verkraften."

„Miranda behauptet, ich hätte eine Tochter", sagte Erland.

Diese Information schien Py nicht besonders zu beglücken. Sie sah Erland fast ein wenig erbost an. „Es wäre nicht schlecht gewesen, wenn du mir das selbst erzählt hättest", sagte sie. „Ich dachte, wir hätten uns alles gegenseitig anvertraut."

„Beruhige dich", sagte Erland. „Ich habe es auch soeben erst erfahren. Wahrscheinlich sollte Miranda lieber Schriftstellerin werden als Malerin. An Phantasie mangelt es ihr nicht. Erzähl weiter, Miranda."

Miranda wurde allmählich unsicher. Vielleicht hatte sie sich doch geirrt. Es gab viele Leute, die auf Bauernhöfen arbeiteten. Erland mußte nicht deshalb ihr Vater sein, weil er auf einem Hof gearbeitet hatte. Immerhin gab es eine ganze Menge Höfe in Schweden. Jetzt hatte sie sich tüchtig blamiert. Ihr traten Tränen in die Augen.

„Was versuchst du eigentlich zu erzählen?" fragte Erland. „Du mußt mir erklären, warum du glaubst, daß ich eine Tochter habe. Wo wäre diese Tochter denn dann zu finden?"

Miranda saß mit gesenktem Kopf da. Die Tränen strömten ihr über die Wangen. „Hier", flüsterte sie.

Am Tisch wurde es ganz still. Miranda wagte den Kopf nicht zu heben.

Py streichelte ihre Hand. „Erzähl", sagte sie mit sanfter Stimme. „Wir sind nicht böse, wenn du dich geirrt hast. Jetzt mußt du uns erklären, warum du glaubst, daß du Erlands Tochter bist. Denn das ist es doch, was du glaubst?"

„Ich hab's gefühlt", flüsterte Miranda. „Beinahe sofort, als ich Erland im Wald beim Malen sah. Und als ich dann hierherkam und wir uns über Bilder unterhielten. Und als Py das mit den verwandten Seelen sagte, da war ich ganz sicher."

„Wie dumm von mir", sagte Py. „Man kann seelenverwandt sein, ohne wirklich verwandt zu sein."

„Und dieser Hof, was weißt du denn darüber?" fragte Erland.

„Meine richtige Mutter wohnt auf dem Hof, und mein Vater hat einen Sommer lang dort gearbeitet. Und er konnte sehr gut zeichnen. Ich bildete mir ein, er sei danach Künstler geworden."

„Und dann hast du geglaubt, ich sei dieser Künstler?" Erlands Stimme war genauso sanft wie die von Py.

Miranda nickte.

„Der Hof, auf dem ich damals arbeitete, liegt in Südschweden."

„Dann ist es nicht Oberkirschberg", sagte Miranda. „Und Lovisa kennst du dann auch nicht."

„Hab noch nie etwas von einem Oberkirschberg gehört", sagte Erland. „Und ich kenne auch keine Frau, die Lovisa heißt."

Miranda schlug die Hände vors Gesicht, um zu verbergen, daß sie weinte.

Py legte ihr den Arm um die Schultern. „Sei nicht traurig", sagte sie. „Du wirst deinen Vater bestimmt finden. Schade, daß es nicht Erland war. Er würde ein guter Vater werden, und wir hätten dich gern als unser Kind. Nicht wahr, Erland?"

„Doch, ja", sagte Erland. „Vielleicht möchtest du trotzdem unser Kind werden?"

„Ich hab bereits zwei Mütter", sagte Miranda. „Sonst würde ich sehr gern euer Kind werden."

„Das mit den Müttern mußt du uns nachher erklären", sagte Erland. „Jetzt werd ich dir erst mal beim Malen helfen. Komm mit ins Atelier, dann erklär ich dir, wie man Tiefe in ein Bild reinbringt."

Väter gibt's reichlich

Heute, an Mamas freiem Nachmittag, mußte Miranda lange auf Mama warten. Das Mittagessen war längst fertig. Der gebratene Speck erkaltete in seinem Fett. Miranda begann sich Sorgen zu machen. Sie setzte sich auf die Treppe und wartete.

Sie dachte an das, was sie heute erlebt hatte. Das meiste würde sie am liebsten vergessen. Einfach zu einem wildfremden Menschen hinzumarschieren und zu behaupten, er sei ihr Vater – wie konnte sie nur so dumm sein! Sie bekam ganz rote Backen, wenn sie nur daran dachte. Aber trotzdem wäre es schön gewesen, wenn Erland ihr Vater gewesen wäre. Für Lovisa allerdings weniger erfreulich, daß er bereits verheiratet war.

Jetzt mußte sie Lovisa sagen, daß es keinen Sinn hatte, auf den Richtigen zu warten. Den würde sie vielleicht nie finden.

Inzwischen brannte sie vor Eifer, mit dem Malen

beginnen zu dürfen. Nun wußte sie ja, wie sie es anpacken mußte. Und einen richtigen Wasserfarbenkasten hatte sie bekommen und außerdem noch einen großen Zeichenblock mit viel besserem Papier, als sie je besessen hatte. Und Erland hatte ihr soviel Neues über die Farben beigebracht. Vielleicht würde sie jetzt endlich in der Lage sein, ein Bild zu malen, das Tiefe hatte. Es kam auf die Farben an. Die warmen Farben vermittelten Nähe. Die mußten ganz vorn sein. Die kalten Farben erzeugten den Eindruck von Ferne. Rot und Gelb waren warme Farben. Blau war eine kalte Farbe. Man konnte die Farben so mischen, daß sie mehr oder weniger warm oder kalt wurden.

Morgen würde sie ihr neues Wissen ausprobieren. Heute mußte auf dem Küchentisch erst mal Mittag gegessen werden. Wenn Mama nur endlich käme!

Und schließlich kam sie. Schon von weitem war ihr anzusehen, daß sie einen guten Tag hinter sich hatte. Sie kam leichtfüßig, fast tänzelnd daher.

„Hallo, mein Mädchen", sagte sie, als sie durch das schiefe Gartentor trat. „Hast du gewartet?"

Miranda stand auf. „Hast du Überstunden gemacht? Das Essen ist kalt."

„Es ist so einiges passiert", sagte Mama geheimnisvoll.

Miranda ging voraus in die Küche und steckte noch ein paar Holzscheite in den Herd. In der Bratpfanne begann es zu zischen. Mama ließ sich am Tisch nieder.

„Jetzt wird's Essen schmecken! War heute tüchtig auf den Beinen!"

„Waren denn viele Badegäste da?"

„An so warmen Tagen wie heute kommen nicht viele Besucher", sagte Mama. „Nur die Allerreinlichsten, die sich von Kopf bis Fuß waschen wollen. Wenn sie schwimmen gehen, müssen sie ja Badeanzüge anhaben. Nein, Überstunden hab ich keine gemacht."

Miranda stellte den Topf mit den Kartoffeln auf den Tisch. Mama begann zu schälen.

„Hab eine Verabredung gehabt", sagte sie. „Mit einem Bekannten von früher. Vielleicht kriegst du mit der Zeit doch noch einen Vater."

Miranda blieb mit der Bratpfanne in der Hand mitten in der Küche stehen. Ihr drehte sich der Kopf. Heute hatte sie einen Vater verloren. Und schon kam Mama mit einem neuen an. Etwa Albert? Das wäre die beste Lösung. Sie stellte die Bratpfanne auf den Tisch und setzte sich hin. Mama schwieg so lange, daß Miranda fragen mußte.

„Ist es Albert?"

Mama lachte verächtlich. „Diese trübe Tasse ... O nein, da hab ich was Besseres in petto. Er heißt Hilmer. Hab ich schon mal von ihm erzählt?"

Miranda schüttelte den Kopf. Sie wollte nichts über irgendeinen Hilmer hören.

„Früher war er mit den Kesselflickern unterwegs", sagte Mama.

„Ein Kesselflicker ... Was willst du denn damit?"

„Schäm dich!" fuhr Mama sie an. „So ein aufgeblasenes Gör. Du hältst dich wohl für was Besseres als die Kesselflicker?"

„Die hab ich schließlich oft genug erlebt. Ich kenn aber keinen, der Hilmer heißt."

„Er ist kein Kesselflicker mehr. Bewirbt sich um eine Stelle in der Eisenwarenhandlung. Und daher ist er in die Stadt gezogen. Und heute hat er gebadet."

„Dann hast du ihm also den Rücken geschrubbt. Hast du ihn ohne Kleider wiedererkannt?"

„Stell dir vor, das hab ich. Hilmer ist ein stattliches Mannsbild. Früher war ich mal in ihn verliebt."

„War das vor Albert?"

„Laß Albert aus dem Spiel. Hilmer hat mich nicht vergessen. Als ich mit der Arbeit fertig war, haben wir einen Spaziergang gemacht. Wenn er die Stelle in der Eisenwarenhandlung kriegt, braucht er eine Wohnung hier in der Stadt."

„Sag bloß nicht, daß er zu uns ziehen will!"

„Daß ist noch nicht entschieden." Mama stopfte sich verträumt Kartoffeln und Speck in den Mund.

„Dann zieh ich aus", erklärte Miranda.

„Ja, du hast ja viele Möglichkeiten, wo du hinziehen kannst. Sowohl Lovisa als auch Albert würden dich liebend gern aufnehmen, nicht wahr?"

Miranda begann zu weinen. Heute hatte sie viel geweint. „Du machst dir überhaupt nichts aus mir. Kaum findest du einen anderen, bin ich dir völlig egal."

Mama legte Messer und Gabel hin. „Aber Kind, hab ich dich etwa nicht immer bei mir haben wollen? Du bist doch diejenige, die wegwill. Vergiß das nicht! Und ich will dich auch jetzt hierbehalten. Für drei ist im Haus Platz genug, das hab ich schon immer gesagt. Albert hätte einziehen dürfen. Da wären wir zu viert gewesen, und das wäre ebenfalls gegangen. Du hast dein Zimmerchen. Wenn Hilmer herzieht, ändert sich daran nichts."

„Kommt er denn schon bald?"

„Zuerst wird geheiratet. Wenn mir ein Mann ins Haus kommen soll, muß ich vorher mit ihm verheiratet sein, vergiß das nicht!"

„Will er denn heiraten?"

„Immer mit der Ruhe. Wir haben uns ja heute erst wiedergesehen. Man kann nicht alles sofort entscheiden."

„Bist du sicher, daß er dich haben will?"

„Frag nicht soviel. Aber ich hab's im Gefühl, daß ich Hilmer gefalle. So was spürt eine Frau."

Aber Miranda war nicht ganz überzeugt. Nachdem sie das Geschirr gespült hatte, verzog sie sich in ihr Kabuff und legte sich aufs Bett. Heute war ein seltsamer Tag gewesen. Sie hatte einen Vater verloren und vielleicht einen neuen bekommen. Zwei Mütter hatte sie bereits. Nichts würde mehr wie früher sein.

Man wird ja wohl
noch träumen dürfen

Miranda saß am Küchentisch. Sie hatte flammend rote Backen, und ihre Haare standen ihr wild vom Kopf ab. Sie malte. Jetzt wußte sie, wie sie es anstellen mußte. Jetzt würde sie die Tiefe malen. Sie war zeitig aufgewacht und war sofort aufgestanden und hatte angefangen zu malen.

Mama schlief noch. Bald würde sie den Kaffee aufstellen und Mama wecken. Dann würden sie zusammen in die Stadt gehen, Mama zur Arbeit und Miranda zu Herrn Bengtsson. Vielleicht war heute die letzte Unterrichtsstunde. Sie wollte lieber nicht daran denken, was danach kam: die Aufnahmeprüfung ... Das würde entsetzlich werden.

Plötzlich stand Mama in der Tür. Sie sah wütend und zerzaust aus. „Warum hast du mich nicht geweckt? Es ist doch schon nach neun!"

Miranda flog hoch und stürzte an den Herd. Aber Mama bremste sie.

„Wir haben keine Zeit, um Feuer zu machen und Kaffee zu kochen. Jetzt müssen wir uns schleunigst anziehen und losrennen. Du hättest dich wenigstens anziehen können, bevor du anfingst, mit deinen Farben herumzuschmieren. Du wirst wohl nie gescheit. Übrigens solltest du doch ausgerechnet heute früher bei Herrn Bengtsson sein!"

In fliegender Hast fuhren sie in ihre Kleider. Die Morgenwäsche mußte ausfallen. Mama hatte ja ein ganzes Badehaus zur Verfügung. Für Miranda war es nicht so einfach. Vielleicht konnte sie nach dem Unterricht nach Oberkirschberg gehen und in Lovisas Waschzuber baden.

Dann machten sie sich auf den Weg. Mama war immer noch verstimmt, hatte den Mund fest zugekniffen. Das kam daher, weil sie ohne ihren Frühstückskaffee hatte losziehen müssen.

Miranda versuchte sie aufzumuntern. „Es ist so warm, kaum zu glauben, daß schon August ist", sagte sie.

„Wann ist deine Aufnahmeprüfung?"

„Am sechzehnten", sagte Miranda. „Das wird fürchterlich."

„Deine eigene Schuld", sagte Mama, die immer noch sauer wirkte.

Miranda mußte sich was anderes einfallen lassen. „Wie geht's Hilmer?" fragte sie. „Kommt er irgendwann mal zu Besuch?"

„Wieso interessiert dich das? Aber ansonsten geht's ihm gut."

„Wann heiratet ihr?"

„Wer hat behauptet, daß wir heiraten?"

„Das hast du doch selbst gesagt ..."

„Man wird wohl noch träumen dürfen ... Und wer weiß, vielleicht wird noch was draus."

Miranda schielte zu dem Paket rüber, das Mama trug. Sie war neugierig. Hatte Mama etwas für Hilmer gekauft? Vielleicht war heute sein Badetag.

Als sie in die Stadt kamen, hielt Miranda es nicht mehr aus. „Hast du für Hilmer ein Badetuch gekauft?" fragte sie.

Mama starrte sie an. „Manchmal glaub ich fast, du bist nicht ganz bei Trost! Warum sollte ich Hilmer ein Badetuch kaufen? Übrigens kriegen die Gäste in der Badeanstalt ihre Badetücher."

„Ich dachte nur, vielleicht ist in dem Paket ein Badetuch."

„Es ist etwas für Otto", sagte Mama. „Ich hab ihm ein Hemd gekauft und will vor der Arbeit noch in die Schreinerei reinschauen."

„Otto braucht kein Hemd. Lovisa näht ihm doch welche."

„Damit kann sie ruhig aufhören. Ich kann meinen eigenen Sohn selbst mit Kleidung versorgen. Und warum kümmert sie sich überhaupt so um Otto? Ist doch klar, daß sie sich bei Albert einschmeicheln will."

Miranda wurde traurig, als Mama solche Sachen sagte. Lovisa würde sich nie irgendwo einschmeicheln, sie war ganz einfach gutherzig und hilfsbereit.

Dann trennten sie sich. Miranda eilte zu Herrn Bengtsson. Sie hatte sich verspätet. Heute mußte er auf den Beinen sein, nachdem dies doch vielleicht die allerletzte Stunde war.

Sehr gut – mit Auszeichnung

Miranda stand bei Herrn Bengtsson in der Türöffnung. Die dicke Mutter hatte aufgemacht. Es war ihr anzusehen, daß heute alles mit Herrn Bengtsson in Ordnung war. Heute würde er Miranda unterrichten.

„Komm nur herein, meine Kleine", sagte die Mutter. „Mein Sohn erwartet dich bereits."

Herr Bengtsson kam aus seinem Zimmer. Er war ordentlich angezogen. Keine Hosenträger hingen herunter. Das Hemd war am Hals zugeknöpft, und seine Haare waren gekämmt.

„Heute machen wir eine Prüfungsprobe", sagte er. „Ich diktiere, und du schreibst."

Miranda nahm den Stift, und Herr Bengtsson begann zu diktieren. Es waren lauter schwierige Wörter, die sie auch noch richtig nach Silben trennen mußte. Herr Bengtsson diktierte schnell. Miranda kam kaum zum Nachdenken. Sie warf ihm einen kurzen Blick zu. „Das ist zu schnell. Ich komme nicht mit."

„Rechtschreiben muß man können, ohne nachzudenken", sagte er. „Wenn du nachdenkst, wirst du bloß verwirrt."

Als das Diktat beendet war, kam Rechnen dran. Herr Bengtsson stellte ihr eine lange Reihe mit Aufgaben. Während Miranda rechnete, korrigierte er ihr Diktat. Sie ächzte und rechnete. Es waren sehr schwierige Aufgaben. Schlimmer konnte es auch in der Aufnahmeprüfung nicht werden.

Und er gönnte ihr keine Pause. Nach den Rechenaufgaben fragte er sie in biblischer Geschichte ab. Das konnte sie wie am Schnürchen. Wenn es etwas gab, was sie wirklich beherrschte, dann war es die biblische Geschichte. Das einzige Buch, das sie besaß, hieß *Biblische Erzählungen für Kinder*. Und das hatte sie hundertmal gelesen.

Schließlich waren alle Prüfungsaufgaben erledigt. Herr Bengtsson saß am Tisch und hatte Mirandas Papiere vor sich ausgebreitet. Er machte ein ernstes Gesicht. Bestimmt hatte sie versagt. Wie sollte sie das Lovisa nur beibringen, nachdem sie so viel Geld in den Unterricht gesteckt hatte!

„Mein liebes Kind", begann Herr Bengtsson. „Du hast jetzt eine Prüfung gemacht, um zu zeigen, ob deine Fähigkeiten für die Aufnahmeprüfung in die Oberschule ausreichen. Und hiermit möchte ich dir folgende Beurteilung geben: Rechtschreiben ... gut. Dann die Mathematik, oder Rechnen, wie du es nennst. Von zehn Aufgaben hast du sieben richtig gelöst, und das kann man als befriedigend bezeichnen. Bevor du gehst, nehmen wir deine Fehler noch einmal gemeinsam durch. In biblischer Geschichte möchte ich dir als Beurteilung sehr gut mit Auszeichnung geben, wenn du weißt, was ich damit meine."

„Daß ich es geschafft habe."

„Mehr als das. Du hast es fehlerfrei geschafft. Sehr gut mit Auszeichnung ist die allerbeste Note, die es gibt."

„Donnerwetter", sagte Miranda überwältigt.

„Du kannst also voller Zuversicht zur Aufnahmeprüfung in die Oberschule gehen."

„Da bin ich aber viel aufgeregter."

„Wenn man weiß, daß man alles kann, was nötig ist, braucht man nicht aufgeregt zu sein. Und das kannst du, mein Kind. Du bist eine tüchtige, fleißige Schülerin gewesen."

„Danke", flüsterte Miranda. „Ich hab mich hier wohl gefühlt. Und der Unterricht hat mir Spaß gemacht."

„Wenn du in der Schule je Probleme haben solltest, kannst du dich an mich wenden. Damit werden wir dann gemeinsam fertig."

Herrn Bengtssons Hand war sehr weich und weiß – wie Teig. Miranda machte einen tiefen Knicks.

„Ich hätte einen Strauß mitbringen sollen", sagte sie. „Einen Prüfungsstrauß. Aber den kann ich ja morgen noch bringen."

„Wie lieb von dir. Doch damit mußt du noch ein Weilchen warten. Morgen komme ich nämlich ins Krankenhaus, um operiert zu werden. Ob und wann ich wieder rauskomme, das weiß ich nicht."

Miranda ging auf die Tür zu. Dann drehte sie sich um. Herr Bengtsson stand immer noch da und schaute hinter ihr her. Er sah müde und traurig aus.

„Ich hoffe, daß Sie die Operation gut überstehen, Herr Bengtsson", sagte sie. „Das hoffe ich wirklich."

„Vielen Dank, mein Kind."

Miranda eilte hinaus und lief die abgetretenen Stufen in dem alten Haus hinunter.

Der Verdacht

An einem solchen Tag konnte sie nicht geradewegs nach Hause gehen. Zwar brannte sie darauf, an ihrem Bild weiterarbeiten zu dürfen. Aber vorher mußte sie irgend jemandem von Herrn Bengtssons Beurteilung berichten. Ihr kam es vor wie ein erster erfolgreicher Prüfungstag.

Also beschloß sie, nach Oberkirschberg zu gehen.

Aber irgend etwas war heute in der Stadt anders als sonst. Gleich als sie aus Herrn Bengtssons Haus trat, spürte sie, daß es eigenartig roch. Und die Hausdächer leuchteten in einem seltsamen Licht. Viele Menschen waren unterwegs, alle in dieselbe Richtung. Plötzlich erkannte Miranda den Geruch. Es roch nach Feuer. Irgendwo brannte es.

Miranda eilte hinter den anderen her. Sie lief durch vertraute Straßen und bekam immer heftigeres Herzklopfen. Das war der Weg zu Alberts Straße. Es brannte bei Albert! Die Straße war voller Neugieriger, die Wachtmeister Busch auseinanderzutreiben versuchte, um dem Feuerwehrauto Platz zu machen.

Miranda war klein und dünn und konnte sich an Busch vorbei durch die Menschenmenge in den Hof drängen. Dort blieb sie wie erstarrt stehen. Die Schreinerei flammte lichterloh. Die *Schreinerei A und O* würde es bald nicht mehr geben. Und wo war Otto? Wo Albert?

Die Feuerwehr kam in den Hof gefahren. Die Feuerwehrleute rollten die Schläuche aus, und bald spritzte Wasser auf das brennende Hinterhaus.

Eine Frau legte den Arm um die weinende Miranda. „Kennst du jemand da drin?" fragte sie.

„Mein Bruder", schluchzte Miranda. „Ich kann meinen Bruder nirgends sehen."

„Ich glaube, ihm ist nichts passiert", sagte eine andere Frau.

Aber Miranda konnte nirgends eine Spur von Albert und Otto entdecken. „Sie sind verbrannt", schluchzte sie.

Da kam jemand durch die Menge auf sie zu. Lovisa! Miranda warf sich ihr in die Arme. „Hast du Otto gesehen?"

„Beide sind wohlauf", sagte Lovisa. „Komm mit, ich bring dich zu ihnen."

„Wieso bist du hier?"

„Ich mußte die Tischdecke abliefern, die ich gestern fertiggewebt hatte. Und da habe ich den Rauch gerochen. Wein doch nicht so. Sie sind beide unverletzt."

Albert hatte allerdings die eine Hand verbunden. Sie standen im hintersten Winkel des Hofes. Otto war ganz weiß im Gesicht.

„Ach, ihr Ärmsten, ihr tut mir so schrecklich leid", schluchzte Miranda. „Die schöne Schreinerei ..."

„Das Wichtigste konnten wir retten", sagte Albert. „Den Eckschrank des Goldschmieds und eine alte Kommode. Die beiden Sachen durften wir im Vorderhaus unterstellen."

Dann blieben sie schweigend stehen und sahen den Feuerwehrleuten bei ihrer Arbeit zu. Jetzt ging es vor allem darum, die umliegenden Häuser zu retten. Das Hinterhaus war verloren.

Plötzlich hörte Miranda auf zu weinen. Ihr war ein entsetzlicher Gedanke gekommen. Mama ... Ihre schlimme Äußerung: „Wenn doch der ganze Laden einfach abbrennen würde."

„Ist Mama hier gewesen?" fragte sie leise.

„Sie hat mir ein Hemd gebracht", antwortete Otto. „Das ist auch verbrannt."

„Das Feuer fing in der Wohnung an", berichtete Albert. „Wir haben überhaupt nichts gemerkt, waren in der Schreinerei beschäftigt, haben gehämmert und geklopft. Als wir den Brandgeruch wahrnahmen, war das Feuer bereits im Flur. Wir konnten gerade noch die Kommode und den Schrank raustragen."

„Alles ist verbrannt", sagte Otto. „Ein Glück, daß der Lastwagen draußen auf der Straße stand. Den haben wir wenigstens noch."

Miranda tat alles weh. Es schmerzte körperlich, wenn man so schreckliche Gedanken haben mußte. So durfte man doch nicht über seine eigene Mutter denken! Miranda mußte die Gedanken verdrängen. Aber sie hatte die Worte noch im Ohr. „Wenn nur der ganze Laden abbrennen würde." Und Mama war heute hier gewesen. Und der ganze Laden war abgebrannt. Sie lehnte sich an Lovisa und weinte.

„Weine nicht, mein Schatz", sagte Lovisa. „Gemeinsam kriegen wir das schon wieder hin. Ich habe eine Idee."

„Ich bin gut versichert", sagte Albert. „Die Schreinerei wird wiederaufgebaut."

„Aber wo sollen wir bis dahin wohnen?" fragte Otto. „Und wo sollen wir arbeiten?"

„Bei mir", sagte Lovisa. „In Oberkirschberg ist Platz genug für euch und für eure Schreinerei. In Oberkirschberg gibt es genügend Nebengebäude für eine Schreinerei. Und im Haus gibt es mehr als genug Zimmer und Betten."

„Lieb von dir", sagte Albert. „Aber das können wir nicht annehmen."

„Du mußt mir Miete bezahlen", erklärte Lovisa. „Und fürs Essen müßt ihr auch was bezahlen. Ein Almosen ist es nicht."

Albert schwieg eine Zeitlang.

„Alles wird wiederaufgebaut werden", sagte er schließlich. „Ich werde so schnell wie möglich neue Arbeitsgeräte kaufen. Ich glaube, ich sage ja und nehme den Vorschlag dankend an. Wenn wir in Oberkirschberg wohnen dürfen, brauchen wir unsere Arbeit nicht zu unterbrechen. Das ist ein großzügiges Angebot. Gott hilft uns in der Not. Das habe ich schon immer gewußt."

„Gott und Lovisa", sagte Otto.

„Am besten, wir machen uns gleich auf den Weg", schlug Lovisa vor. „Hier können wir doch nichts machen."

Sie zwängten sich durch die Menschenmasse auf die Straße hinaus. Die Leute zogen sich zurück und bildeten fast ein Spalier, als sie auf den Lastwagen zugingen.

Aber Miranda wollte nicht nach Oberkirschberg mitkommen. „Ich muß nach Hause", sagte sie. „Hab noch viel zu tun."

„Komm so bald wie möglich", sagte Lovisa. „Du weißt, daß niemand dir deinen Platz wegnehmen kann. Bist du heute bei Herrn Bengtsson gewesen?"

„Es war die letzte Stunde", sagte Miranda. „Jetzt kommt nur noch die Aufnahmeprüfung. Herr Bengtsson war mit mir zufrieden. Ich hab sogar ein Sehr gut mit Auszeichnung bekommen."

Lovisa umarmte sie. „Ich hab's doch gewußt, daß du fleißig warst", sagte sie.

Dann fuhr der Lastwagen davon. Miranda blieb eine Weile auf dem Gehweg stehen. Dann trottete sie zum Eselsberg hinauf.

Wenn du freundlicher über mich denkst

Beide aßen kaum etwas. Mama war äußerst erregt, sie wußte alles über die Feuersbrunst. Sie redete und redete, während Miranda beharrlich schwieg.

„Das war die Irre", sagte Mama. „Die hat Feuer gelegt. Jetzt müssen sie sie einsperren. So eine hätte nie daheim bleiben dürfen. Die hätte von Anfang an in eine Anstalt gehört."

„Wieso kam sie denn überhaupt in die Schreinerei?" fragte Miranda.

„Der Goldschmied hat sie mitgebracht. Sie kamen,

während ich mit dem Hemd da war. Im Auto sind sie angekommen. Der Goldschmied fährt ja ab und zu mit ihr spazieren, damit sie sich die Gegend anschauen kann. Er kam vorbei, um über einen Schrank zu reden, den Albert gerade repariert."

„Woher weißt du das alles?"

„Das wissen alle. Die Leute reden von nichts anderem."

„Wieso glauben sie, daß die Prinzessin das Feuer gelegt hat?"

„Warum mußt du diese Irre unbedingt Prinzessin nennen? Also, sie hat sich aus dem Auto fortgestohlen, während ihr Vater in der Schreinerei war. Sonst schließt er sie immer im Auto ein, aber diesmal scheint er das vergessen zu haben. Vielleicht wäre sie ja sitzen geblieben, wenn sie Albert nicht durchs Fenster erblickt hätte. Da wurde sie ganz wild und rannte in den Flur und schrie nach ihrem Vater, dem König. Als Albert die Tür zur Schreinerei abschloß, stürzte sie in die Wohnung. Der Goldschmied versuchte sie einzufangen, aber sie versteckte sich in einem Wandschrank. Schließlich gelang es dem Vater, sie ins Auto rauszuschleppen und mit ihr davonzufahren. Und gleich darauf fing das Feuer an. Es heißt, sie sei eine Pyromanin – so nennt man die Leute, die gern Feuer legen. Im Haus des Goldschmieds verstecken sie natürlich immer sämtliche Streichholzschachteln. Aber bei Albert lag wahrscheinlich eine Schachtel offen herum. Er hätte es sich wohl nie träumen lassen, daß eine Pyromanin in sein Haus kommt. Der arme Albert ..."

Das Essen auf den Tellern war schon längst kalt geworden. Miranda sah Mama mit ernstem Gesicht an. „Bist du ganz sicher, daß es die Prinzessin war?"

„Na ja, alle behaupten es. Auf jeden Fall war sie im Haus."

„Du warst auch dort ..."

Mama starrte sie an. „Was willst du damit sagen?"

„Alle, die an diesem Morgen in Alberts Küche waren, können in Verdacht kommen."

Mama wurde ganz weiß im Gesicht. In ihren Augen flammte ein Zorn auf, der fast an Haß erinnerte. Sie erhob sich. Es sah so aus, als wollte sie Miranda schlagen. „Willst du mir etwa mitten ins Gesicht sagen, daß du glaubst, ich hätte das Haus angezündet, in dem mein Sohn wohnt? Willst du das behaupten? Antworte!"

Miranda kroch in sich zusammen vor Angst. „Du hast es aber gesagt. Zweimal hast du gesagt, daß der ganze Laden am besten verbrennen sollte. Du hast gesagt, daß du dir das wünschst."

„Und das willst du jetzt wohl der Polizei melden?"

„Nein, das will ich nicht. Aber ich kann nie vergessen, was du gesagt hast. Das war so schrecklich. Und jetzt ist das Haus abgebrannt. Und du warst kurz zuvor dort!"

Mama sank wieder auf den Stuhl zurück und begann zu weinen. Das war das Allerschlimmste, was passieren konnte. Wenn Mama weinte, wurde Miranda unglücklich und hatte das Gefühl, alles tun zu müssen, um Mama zu trösten.

„Liebe Mama", flüsterte sie. „Natürlich hab ich

nicht geglaubt, daß du es warst. Aber diese schrecklichen Worte haben mir Angst gemacht, ich mußte immer wieder daran denken. Und als es dann brannte ... Was sollte ich da glauben?"

„Daß du mir so etwas Entsetzliches zutraust, ist schlimmer als alles andere", schluchzte Mama. „Bin ich denn so eine Hexe, daß du mir zutraust, ich könnte meinen eigenen Sohn verbrennen lassen?"

„Ich würde nie glauben, daß du Otto etwas antun willst", weinte Miranda. „Aber Albert ..., oder wenigstens das Haus. Du hast es dir doch gewünscht."

Mama wischte sich die Augen. Sie ging zum Herd und stellte den Kaffeekessel auf. Dann nahm sie eine Tasse und setzte sich an den Tisch.

„Jetzt müssen wir uns aussprechen", sagte sie. „Nach dieser Sache kannst du nicht mehr hier bei mir bleiben. Ich kann dich nicht jeden Tag vor Augen haben und dabei wissen, was du von mir denkst. Und mit so einem Verdacht kannst du auch nicht mit mir leben ... Jetzt mußt du zu Lovisa ziehen. Immerhin ist sie deine richtige Mutter. Du hättest sofort, nachdem du die Wahrheit erfahren hattest, zu ihr ziehen sollen. Ich hätte dich nicht festhalten dürfen."

Miranda weinte bitterlich.

„Warum heulst du?" fragte Mama. „Jetzt kriegst du ja das, was du dir immer gewünscht hast."

„Ich hab doch nicht gemeint, was ich gesagt hab. Die Gedanken sind einfach in meinem Kopf aufgetaucht, dafür kann ich nichts. Ich wollte es nicht."

„Aber du hast sie gedacht", sagte Mama. „Und du

kannst wieder ähnliche Sachen denken. Dafür kannst du ja nichts. Jetzt packst du deine Sachen und machst dich auf den Weg. Otto hole ich selbst. Ich weiß, daß er in Oberkirschberg ist, und dort gehört er nicht hin. Ein Kind hat bei seiner Mutter zu wohnen."

Miranda begab sich in ihr Kabuff. Sie zog ihre Schubladen heraus und warf den Inhalt aufs Bett. Sehr viel gab es nicht zu packen. Manches hatte sie schon nach Oberkirschberg gebracht. Draußen im Flur kramte Mama einen alten Pappkoffer hervor und warf ihn zu Miranda herein.

Als alles im Koffer verstaut war, kam Miranda in die Küche hinaus. Ihr Gesicht war ganz geschwollen vom Weinen. Sie stellte sich vor Mama hin. „Hast du mich nie gern gehabt?" flüsterte sie.

„Doch, und das weißt du", sagte Mama. „Ich wollte dich behalten. Warum hätte ich dich sonst gezwungen hierzubleiben? Du bist wie meine eigene Tochter gewesen. Aber nach dieser Geschichte ist Schluß."

„Wirst du mich nie mehr liebhaben?"

„Ich hab dich immer noch lieb. Aber es tut dir nicht gut, bei mir zu sein. Du kriegst allzu schlimme Gedanken. Wenn du wieder anders über mich denkst, kannst du herkommen und mich besuchen. Irgendwie werden wir immer zusammengehören."

Jetzt weinte Mama ebenfalls. Lange Zeit standen sie nur da und hielten sich umarmt und weinten.

Dann nahm Miranda ihren Koffer und ging.

Sie drehte sich nicht um.

Oskar, der Tröster

Wenn die Welt ganz besonders traurig aussieht, taucht manchmal ein Tröster auf. Mirandas Tröster hieß Oskar – ein kleiner dicker, blasser Junge, der den Gehweg entlanggewackelt kam. Ein sauer dreinblickendes Mädchen hielt ihn an der Hand, während sie gleichzeitig seinen Kinderwagen schob. Sie versuchte, Oskar in den Wagen zu setzen, aber das wollte er nicht. Er strampelte und entglitt dem Arm des Mädchens.

Miranda kam ihm schweren Schrittes entgegen. Sie schleppte ihren Koffer und zerbrach sich darüber den Kopf, ob auf Oberkirschberg für sie Platz wäre, wenn sowohl Albert und Otto als auch die Schreinerei dort untergebracht werden sollten.

Da erblickte sie Oskar. Sie hätte ihn kaum wiedererkannt. Das war nicht mehr das Baby, das sie in den Weihnachtsferien gehütet hatte. Dies war ein großer Junge, der auf seinen eigenen drallen Beinen unterwegs war. Auch er erkannte Miranda anfangs nicht wieder.

Das mißgelaunte Mädchen ließ ihn wieder auf den Gehweg runter.

„Du dummer Kerl", sagte sie. „Was glaubst du, wozu man einen Kinderwagen hat?"

„Oskar!" rief Miranda. „Weißt du noch – die Kiste auf dem Tretschlitten?"

Oskar sah sie mit runden hellblauen Augen an. Es schien, als versuchte er sich daran zu erinnern, wo er dieses Mädchen schon mal gesehen hatte.

Miranda kniete vor ihm nieder. Sie stellte den Koffer auf den Gehweg und legte die Arme um Oskar. „Du erinnerst dich doch an Miranda?" sagte sie.

Da erstrahlte Oskars Gesicht in einem breiten Lächeln, und er legte eine klebrige Hand an Mirandas Wange.

Miranda blickte zu dem Mädchen hoch. „Er hat mich erkannt", sagte sie. „In den Weihnachtsferien war ich sein Kindermädchen."

„Von mir aus kannst du es jetzt auch wieder werden", sagte das Mädchen. „Ich hab es satt, diesen dickköpfigen kleinen Kerl durch die Gegend zu schleppen. Den ganzen Sommer hab ich ihn schon gehütet. Ich brauch noch ein paar freie Tage, bevor die Schule anfängt."

„Ist Beata im Laden?" fragte Miranda.

„Dort ist sie doch tagaus, tagein. Und Oskar kann unmöglich bei ihr im Laden sein. Er läuft überall herum und reißt alles runter. Daheim ist es dasselbe. Man muß ihn jede Minute im Auge behalten. Tagsüber schläft er fast nie. Andere Kinder schlafen den halben Tag. Aber Oskar nie. Wenn ich gewußt hätte, wie anstrengend er ist, hätte ich die Stelle nie angenommen, das steht fest."

„Er ist sehr blaß", sagte Miranda. „Seid ihr tagsüber denn nie draußen?"

„Man kann doch nicht andauernd in der Sonne herumrennen. Wir bleiben lieber im Schatten. Ich ver-

trage die Sonne nicht, krieg davon einen Ausschlag."
 „Der arme Oskar."
 „Möchtest du die Stelle haben?" fragte das Mädchen.
 „Zuerst müssen wir Beata fragen. Ich hab nichts Besonderes vor, bis die Schule wieder anfängt."
 Sie vergaß ganz, daß sie die Aufnahmeprüfung machen mußte. Und sie vergaß ebenfalls, daß sie selbst auch nicht besonders viel Sommerferien gehabt hatte.
 „Komm, wir gehen zu Beata", sagte das Mädchen.
 Es gelang Miranda, Oskar in den Kinderwagen zu setzen. Er hatte begonnen, sich angeregt mit ihr zu unterhalten. Er redete und redete und sabberte dabei ganz gewaltig. Man verstand kein Wort von dem, was er sagte, aber Miranda war davon überzeugt, daß er ihr sagen wollte, wie sehr er sich darüber freue, sie wiederzusehen und daß er sich an die langen Schlittenfahrten im Winter erinnere.
 In Beatas Kurzwarenladen war alles unverändert. Ziemlich dunkel und von einem Duft nach Kaffee und alter Wolle durchzogen. Beata freute sich, als sie Miranda sah. Sie hatte nichts dagegen, daß Miranda Oskar in ihre Obhut nahm. Aus der Kasse holte sie Geld heraus, das sauertöpfische Mädchen raffte das Geld an sich und überwand sich endlich zu einem Lächeln.
 „Oskar ist sehr brav", sagte sie. „Aber Kinderhüten ist mir zu anstrengend. Nächstes Mal suche ich mir eine andere Arbeit." Dann verschwand sie, von dem fröhlichen Bimmeln der Ladenglocke begleitet.

„Sie war kein gutes Kindermädchen", sagte Beata. „Aber was soll ich machen? Kindermädchen sind dünn gesät. Möchtest du tatsächlich Oskar hüten? Du hast die Sache bisher am besten von allen gemacht."

„Ja, das will ich", sagte Miranda. „Ich hab Oskar sehr lieb. Aber ich weiß nicht, wo ich wohnen soll. Ich ziehe nämlich gerade um."

„Ach du liebe Zeit, was machen wir denn da?" sagte Beata bekümmert. „Bei uns ist es ziemlich eng. Kannst du mit Oskar in einem Zimmer schlafen?"

Miranda erinnerte sich an Oskars winziges Zimmer. Zu zweit konnte man dort unmöglich schlafen.

„Vielleicht kann Oskar bei uns im Schlafzimmer liegen", überlegte Beata. „Allerdings mag mein Mann es gar nicht, morgens gestört zu werden. Aber dann mußt du Oskar eben früh aus unserem Zimmer holen. Das wird schon gehen. Jetzt schließe ich den Laden für heute, dann gehen wir nach Hause und bereiten alles für dich vor."

Miranda saß mit Oskar in der kleinen Kammer hinter dem Laden und wartete, während Beata die letzten Kunden des Tages bediente. Jetzt hatte sie Zeit zum Überlegen. Nächste Woche war die Aufnahmeprüfung. Aber jetzt hatte sie eine Arbeit – wie sollte das nur werden? Sie konnte Oskar nicht gut zur Prüfung in die Schule mitnehmen, oder? Und die Prüfung mußte sie machen, dafür hatte Lovisa zuviel für ihren Unterricht ausgegeben. Und bald fing die Schule an. Dann stand Beata ohne Kindermädchen da. Aber bis dahin ...

Auf dem Heimweg schaute Beata fragend auf Mirandas Koffer. „Wohin warst du eigentlich unterwegs?" fragte sie. „Du hast doch bestimmt nicht vorgehabt, bei mir zu arbeiten?"

„Ich wollte mir eine Arbeit suchen, wußte nur nicht, wo. Daheim kann ich nicht mehr wohnen. Mama will, daß ich ausziehe."

Beata sah sie nachdenklich an. „Deine Mutter müßte aber benachrichtigt werden, damit sie weiß, wo du bist", meinte sie.

„Ich werd es ihr sagen", behauptete Miranda.

Und dann traten sie in Beatas kleines Puppenhäuschen mit den vielen Figürchen und Döschen und Väschen ein. So viele wie an Weihnachten waren es nicht mehr, aber immer noch genügend, um Oskar jede Sekunde im Auge behalten zu müssen. Die Arbeit würde anstrengend werden. Aber jetzt war Miranda wenigstens nicht mehr traurig. Oskar hatte sie getröstet.

Ein Unglück ist schnell geschehen

Bereits am dritten Arbeitstag stieß Miranda mit Mama zusammen. In einer der engsten Gassen der Stadt stand sie plötzlich vor Miranda und war so wütend, daß der Zorn ihr förmlich aus den Augen sprühte. „Aha, hier bist du also! Ich wollte schon zur Polizei gehen. Begreifst du denn nicht, daß man so etwas nicht tun darf?"

„Ich arbeite", sagte Miranda. „Darf man etwa nicht arbeiten?"

„Natürlich darf man das. Aber man muß wenigstens mitteilen, wohin man geht. Kapierst du denn nicht, daß ich mir Sorgen gemacht habe, als du einfach verschwunden bist?"

„Du wolltest doch, daß ich verschwinde. Du hast mir den Koffer gegeben und hast gesehen, als ich wegging."

„Du wolltest nach Oberkirschberg. Aber dort bist du nie angekommen."

„Woher weißt du das?"

„Ich hab nachfragen lassen, ob du gut angekommen bist."

„War dir das denn wichtig?"

Mama traten Tränen in die Augen. „Das war keine nette Frage! Deine Gedanken sind noch nicht freundlicher geworden. Natürlich ist es mir wichtig zu wissen, wie es dir geht. Inzwischen haben sich viele Leute um dich Sorgen gemacht."

Jetzt hatte Oskar diese langweilige Unterhaltung satt. Er begann zu schreien. Der Wagen sollte sich gefälligst bewegen, sonst zog er es vor, selbst zu laufen. Er versuchte, aus dem Wagen zu klettern.

„Ich kann mich jetzt nicht länger unterhalten", erklärte Miranda. „Ich muß mit Oskar spazierengehen."

„Diese Arbeit hat doch keinen Sinn", sagte Mama. „Bald fängt die Schule wieder an, und davor mußt du noch die Aufnahmeprüfung machen."

„Ich hab das schon mit Beata geklärt. Am Prüfungstag gibt sie mir frei. Das ist nächste Woche am Montag."

„Lovisa kommt und holt dich", sagte Mama. „Morgen kommt sie. Du mußt Beata sagen, daß sie sich nach einem anderen Kindermädchen umsehen soll. So, jetzt muß ich los zur Arbeit. Paß auf dich auf."

Plötzlich tat Mama etwas Unerwartetes. Sie umarmte Miranda und legte ihre Wange an Mirandas Wange, die ganz naß wurde. Tränen liefen Mama übers Gesicht.

Dann ging Mama schnell fort.

Oskar brüllte aus Leibeskräften. Miranda mußte ihn hochnehmen und trösten. „Sei nicht traurig, wir gehen jetzt zum Fluß und gucken dort die Piepvögel an", sagte sie. „Wir haben Brot dabei, das darfst du ihnen hinwerfen."

Oskar machte es großen Spaß, die Enten zu füttern. Er saß direkt am Flußufer in seinem Kinderwagen, in dem er mit einem Gurt festgespannt war. So konnte er nicht aus dem Wagen fallen, aber trotzdem blieben immer wieder Tanten stehen, um Miranda zu warnen.

„Einen Kinderwagen darf man nicht so nahe ans Wasser stellen", sagten sie.

„Ich halte den Wagen fest und Oskar auch", erklärte Miranda. „Er fällt bestimmt nicht raus."

„Ein Unglück ist schnell geschehen", sagte eine Frau. „Kinder stellen immer wieder was Überraschendes an, womit man gar nicht rechnet."

„Oskar nicht", versicherte Miranda. „Er ist so vernünftig."

Aber ganz so vernünftig war Oskar doch nicht. Im selben Augenblick, als Miranda sich umdrehte, um festzustellen, wer ihr „Hallo!" zugerufen hatte, geschah es.

Oskar warf sich aus dem Wagen und blieb an dem Gurt über der Ufermauer hängen. Wenn Miranda den Wagen nicht so fest gehalten hätte und wenn Harry nicht angerast gekommen wäre und den Gurt erwischt hätte, hätte Oskar den Wagen mit sich ins Wasser gerissen.

Sofort entstand ein kleiner Menschenauflauf. Mehrere Tanten tauchten auf. Oskar schrie wie am Spieß. Mit gesenktem Kopf setzte Miranda Oskar im Wagen zurecht, spannte den Gurt fester an und gab dem Kleinen seine scheußliche Stoffpuppe.

Sie schämte sich. Dies würde Beata ihr nie verzeihen. Nach diesem Vorfall würde sie Oskar nie mehr hüten dürfen. Sie schob den Kinderwagen weg vom Fluß und hörte, wie die Tanten sich über unzuverlässige Kindermädchen aufregten. „So kleine Mädchen sollten keine Kinder hüten dürfen", meinten sie.

Miranda konnte nichts zu ihrer Verteidigung vorbringen. Die Tanten hatten recht. Sie eilte davon. Harry hatte sich bisher im Hintergrund gehalten, aber jetzt tauchte er wieder auf.

„Kleine Kinder sind anstrengend", sagte er. „Kein Mensch weiß im voraus, was denen alles einfällt. Da muß man vorne und hinten Augen haben."

„Alles war nur meine Schuld", sagte Miranda. „Ich hätte nie so nahe ans Ufer rangehen dürfen. Und dann hab ich mich umgedreht, als du kamst."

„Also war es eigentlich meine Schuld", sagte Harry. „Ich hab dich gerufen. Man darf nie jemandem zurufen, der Kinder hüten muß. Könnten wir nicht irgendwohin gehen, wo nicht so viele Leute sind?"

„Genierst du dich wegen Oskar?"

„Das nicht. Aber ich möchte nicht unbedingt Bekannte treffen. Oskar ist nicht gerade das hübscheste Kind weit und breit."

„Aha, du genierst dich also", sagte Miranda erbost. „Du traust dich nicht, mit Oskar spazierenzugehen. Dann kannst du von mir aus alleine gehen. Ich gehe mit Oskar überallhin. Ich finde ihn süß. Er sieht genauso aus, wie ein kleines Kind aussehen soll."

„Ich finde ihn blaß und wabbelig", sagte Harry. „Hättest du dir kein hübscheres Kind aussuchen können?"

„Es ist völlig egal, wie das Kind aussieht", sagte Miranda. „Nach dieser Geschichte werde ich nie mehr Kindermädchen sein dürfen. Die Tanten sind bestimmt schon bei Beata gewesen und haben ihr alles erzählt. Ich werde garantiert gefeuert. Und wo soll ich dann hin?"

„Wohnst du denn nicht mehr bei deiner Mutter?"

„Die will mich nicht mehr. Und bei Lovisa ist es voll. Da wohnen Albert und Otto."

„In Oberkirschberg gibt es noch viel Platz", sagte Harry. „Sonst kannst du zu mir ziehen."

„Zuerst muß ich mit Beata sprechen", sagte Miranda. „Und Oskar zurückbringen."

Urlaub für Beata

So zahlreiche Kundschaft hatte Beatas kleiner Laden noch nie gesehen. Lauter Damen, die gar nichts kaufen wollten. Beata stand mit erschrockenem Gesicht hinterm Ladentisch. Als Miranda mit Oskar auf dem Arm in der Ladentür stehenblieb, sah Beata sie vorwurfsvoll an. „Ich weiß schon alles", sagte sie.

„Bitte entschuldige", sagte Miranda. „Aber Oskar ist wirklich nichts passiert."

Die versammelten Damen machten ihr Platz, als sie auf den Ladentisch zuging und Oskar seiner Mutter übergab. Alle bedachten Miranda mit erbosten Blicken. Beata stand mit Oskar auf dem Arm da und schien nicht zu wissen, was sie mit ihm anfangen sollte.

Widerstrebend verließen die Damen den Laden. Die Ladenglocke bimmelte für lauter Kunden, die nichts einkaufen wollten.

Oskar schrie und streckte die Arme nach Miranda aus.

„Viele Leute sind hergekommen und haben es mir erzählt", sagte Beata. „Und dabei bist du doch immer so zuverlässig. Ich kann kaum glauben, daß es wahr ist."

„Alles ging so schnell", sagte Miranda. „Aber ich hab den Kinderwagen ganz fest gehalten, und Oskar war angeschnallt. Es ist nichts passiert."

„Aber es hätte was passieren können ..."
„Dann höre ich jetzt wohl besser auf", meinte Miranda.

„Und ich hab kein Kindermädchen mehr", klagte Beata. „Ich hab mich so auf dich verlassen. Was mach ich jetzt bloß?"

Oskar schrie aus Leibeskräften. Miranda trat vor und nahm ihn auf den Arm. „Ich glaube, er ist müde. Ich kann ihn in den Wagen legen und auf dem schnellsten Weg nach Hause bringen. Und ich verspreche, unterwegs nirgends hinzugehen."

Da bimmelte die Ladenglocke, und eine Dame trat ein. Es war Lovisa, und sie hatte offensichtlich auch nicht vor, etwas einzukaufen. Sie sah Miranda.

„Kindchen, ich hab mir ja solche Sorgen gemacht", sagte sie. „Deine Mutter hat sich bei mir erkundigt, ob du bei mir bist. Schließlich hab ich mir zusammengereimt, daß du wieder bei Beata Kindermädchen sein könntest. Aber jetzt nehm ich dich mit nach Hause! Bis die Schule anfängt, hast du frei. Die Sommerferien sind ohnehin bald zu Ende."

„Und was wird dann aus mir?" fragte Beata. „Was soll ich ohne Kindermädchen anfangen?"

Lovisa sah Beata nachdenklich an. „Miranda ist zu jung, um den ganzen Tag zu arbeiten", sagte sie. „Und sie braucht ein paar Tage Ferien. Aber ... vielleicht könnte ich ..."

„Wollen Sie etwa Kindermädchen spielen, Fräulein Malm?" rief Beata aus. „Das ziemt sich doch nicht."

„Bitte, nennen Sie mich nicht Fräulein Malm", sagte Lovisa. „Alle sagen nur Lovisa zu mir."

„Hätten Sie tatsächlich Lust, Oskars Kindermädchen zu sein, Lovisa?" fragte Beata.

„Kindermädchen ist vielleicht nicht das richtige Wort. Ersatzmutter klingt besser. Oskar könnte in Oberkirschberg sein, bis Sie ein neues Kindermädchen gefunden haben. In Oberkirschberg können Miranda und ich gemeinsam auf Oskar aufpassen. Sie können sich auf uns verlassen, Beata."

„Auf mich verläßt sie sich nicht mehr", flüsterte Miranda. „Vorhin ist was mit Oskar passiert."

Aber Lovisa hörte nicht zu. „Ich bin überzeugt, daß Sie uns vertrauen, Beata", sagte sie. „Nicht wahr?"

„Doch, natürlich", sagte Beata. „Ich muß nur noch mit meinem Mann sprechen. Natürlich wäre das die beste Lösung. So hätten mein Mann und ich auch mal ein wenig Urlaub."

Lovisa strahlte Beata an. „Selbstverständlich brauchen Sie Urlaub. Dann würde ich vorschlagen, daß Miranda und ich Oskar jetzt gleich nach Oberkirschberg mitnehmen?"

„Ich glaube, das können wir ohne meinen Mann ausmachen", sagte Beata. „Wir wissen, daß Oskar in gute Hände kommt. Und mein Mann darf so endlich mal morgens etwas länger schlafen. Oskar wacht immer in aller Herrgottsfrühe auf. Ich schließe jetzt den Laden, dann gehen wir nach Hause, um Oskars Sachen zu holen."

Auf dem Weg zu Beatas kleinem Puppenhaus war es Lovisa, die den Wagen schob. Miranda ging neben ihr. Und Beata ging brav hinterher.

Die Aufnahmeprüfung

Lovisa hielt Oskar auf dem Schoß und fütterte ihn. Oskar aß mit gutem Appetit. Es war nicht mehr derselbe Oskar wie vor einer Woche. Dies war ein fröhliches Kind mit roten Backen.

„Wenn Harry ihn jetzt sehen könnte", sagte Miranda.

„Warum ausgerechnet Harry?"

„Er findet Oskar bleich und wabbelig. Und häßlich."

„Und dabei ist Oskar so ein hübscher Junge", sagte Lovisa und wischte ihm den Mund ab.

Oskar sperrte den Mund auf und streckte die Arme nach dem Teller aus.

„Jetzt ist Schluß", sagte Lovisa. „Du bist proppenvoll. Du mußt an deine Figur denken, damit kein frecher Harry behaupten kann, du seist dick."

„Ich bin so nervös", sagte Miranda. „Stell dir vor, wenn es schiefgeht."

„Es wird bestimmt klappen", sagte Lovisa und stellte Oskar auf den Boden.

„Paß auf, daß du mein Kleid nicht schmutzig machst", sagte Miranda, als Oskar ihre Beine umarmte. „Heute muß ich nämlich schön sein. Au, da kommt der Milchwagen. Gib mir einen Glückstritt, Lovisa!"

Lovisa machte einen kleinen Glückstritt in Mirandas Richtung. Der Milchwagen wartete am Tor. Es war ausgemacht, daß Miranda heute mit dem Milchwagen in die Stadt fahren durfte, heute am Prüfungstag, an dem sie zeigen mußte, was sie bei Herrn Bengtsson gelernt hatte.

Schweigend und steif saß sie neben Mattsson auf dem Sitzbrett des Karrens. Mattsson versuchte, sich mit Miranda zu unterhalten, aber Miranda gab nur einsilbige Antworten. Sie dachte an Wörter mit *tz* und *tzt* und an Arbeiter, die in schwierigen Rechenaufgaben Gräben aushoben, die so und so lang waren.

„So, so, du willst also in die Oberschule", sagte Mattsson. „Das ist ein Ort der Gelehrsamkeit."

„Noch bin ich nicht drin", sagte Miranda. „Vorher muß noch einiges überstanden werden. Die Aufnahmeprüfung dauert viele Stunden."

„Um da reinzukommen, muß man wohl sehr klug sein", äußerte Mattsson bedenklich. „Ich hatte eigentlich vor, meinen Jungen nächstes Jahr die Prüfung machen zu lassen. Aber vielleicht ist das doch zu schwierig."

„Ich erzähl's euch nachher", sagte Miranda. „Wenn ich weiß, wie schwierig es ist."

Sie mußte eine Zeitlang auf dem Schulhof warten, mehrere andere Kinder warteten ebenfalls. Viele waren älter als sie – Schüler der Oberschule, die in irgendeinem Fach ungenügend bekommen hatten. Sie hatten während der Sommerferien gebüffelt und wollten jetzt einen erneuten Versuch machen, um in der Klasse bleiben zu können.

„Es macht keinen Spaß, die Klasse zu wiederholen", sagte ein Mädchen aus der Dritten. „Ich bin in Deutsch durchgefallen. Wenn man wiederholt, kriegt man lauter neue Klassenkameraden, die alle jünger sind."

Aha, so war das also. Es genügte demnach nicht, in die Oberschule aufgenommen zu werden. Man mußte außerdem jedes Jahr alle Fächer bestehen, sonst mußte man die Klasse wiederholen. Miranda war sich nicht sicher, ob sie überhaupt in diese hochgestochene Schule gehen wollte. Allerdings würde sie sehr gern eine fremde Sprache lernen. Sie fragte das große Mädchen.

„Darf man hier mehr als eine Fremdsprache lernen?"

„Weißt du das denn nicht? Englisch lernen wir auch, aber erst in der Vierten. Und in der Fünften und Sechsten gibt's Französisch, aber das ist freiwillig."

Jetzt läutete die Schulglocke, und die Kinder trabten ins Schulhaus. Keines von ihnen sah froh aus. Ein Lehrer teilte ihnen mit, in welche Zimmer sie gehen sollten. Miranda und zwei Jungen waren die einzigen, die die Aufnahmeprüfung in die erste Klasse machen sollten.

Eine Lehrerin kam mit den Prüfungspapieren ins Klassenzimmer. „Als erstes wollen wir Rechtschreiben drannehmen", verkündete sie. „Dann kommt der Religionslehrer und fragt euch mündlich ab. Als letztes müßt ihr rechnen. Zwischen jeder Prüfung gibt es eine kurze Pause."

Dann wurden die Bögen verteilt. Miranda hatte heftiges Herzklopfen. Das hier war wohl das Schlimmste, was sie je erlebt hatte. Die beiden Jungen schienen derselben Meinung zu sein.

Die Lehrerin begann zu diktieren. Die schreckliche Prüfung hatte begonnen. Und in dem Text befand sich kein einziges *tz* oder *tzt*.

Ich werde bestimmt nicht plärren

Heute würde sie es erfahren. Heute konnte sie in die Stadt gehen und an einem Zettel an der Tür der Oberschule ablesen, ob sie die Aufnahmeprüfung bestanden hatte. Wenn ihr Name nicht auf dem Zettel stand, war sie durchgefallen. Punkt zehn Uhr würde dieser Zettel an der Tür hängen.

In Oberkirschberg saßen alle am Frühstückstisch. Zur Zeit war es eine vielköpfige Schar. An der einen Längsseite saßen Albert und Otto. Gegenüber saß Lovisa mit Oskar auf dem Schoß. Am unteren Ende saß Miranda.

Miranda war sehr schweigsam. Albert und Otto sprachen von ihrer Arbeit. Sie hatten mit dem Wiederaufbau des abgebrannten Hinterhauses begonnen. Alles würde sehr schön und modern werden. Die Versicherung übernahm sämtliche Kosten. Albert war voller Zuversicht, und Otto gab mächtig an.

„Wir kriegen einen Lokus ins Haus", sagte er. „Und der Weg in die Berufsschule ist nicht weit. Übrigens muß ich ja nicht den ganzen Tag in die Schule gehen. Ich werd sowohl lernen als auch schreinern können."

Albert und Otto hatten keineswegs vor, länger als nötig in Oberkirschberg zu bleiben. Jetzt bewohnten sie den oberen Stock. Lovisa schlief mit Oskar in der Webstube. Miranda hauste in einer kleinen Kammer zwischen dem Saal und der Webstube. In Oberkirschberg war reichlich Platz für alle.

„Mir scheint, es war ein Glück, daß die Birgitta vom Goldschmied das Haus angezündet hat", sagte Miranda.

Albert sah sie erstaunt an. „Wie kommst du darauf?"

„Das wissen doch alle."

„Nun, da wissen sie alle was Falsches", sagte Albert. „Es war ein Kurzschluß. Die elektrischen Leitungen waren alt und fehlerhaft verlegt. Das ist das Ergebnis der polizeilichen Untersuchung. Die arme Birgitta war zwar kurz vorher im Haus, aber das Feuer hat sie nicht gelegt."

Miranda schwieg lange. Dieses Feuer hatte so viele Mißverständnisse verursacht. Sie selbst hatte Mama verdächtigt, und das konnte niemals vergeben werden. Wäre das Feuer nicht gewesen, würden sie jetzt nicht hier beisammensitzen. „Wann müssen wir Oskar zurückbringen?" fragte sie.

„Eigentlich müßte er noch lange hierbleiben dürfen", meinte Lovisa. „Daheim bei Beata geht es ihm nicht gut. Lauter unzuverlässige kleine Schulmädchen, die ihn beaufsichtigen. Hier geht es ihm gut. Er braucht viel Liebe."

„Seine Eltern haben ihn bestimmt auch lieb", sagte Miranda.

„Natürlich haben sie ihn lieb", sagte Lovisa. „Aber sie waren zu alt, als er auf die Welt kam. Sie verstehen nichts von kleinen Kindern."

Es klopfte an die Tür, und der Holzhacker trat ein. Er machte ein Gesicht, als gefalle ihm die Schar am Küchentisch nicht allzusehr.

„Na, da hast du dir ja eine große Familie zugelegt, Lovisa", bemerkte er.

„Damit ist bald Schluß", sagte sie. „Die verschwinden alle demnächst wieder. Sie haben keine Lust, bei mir zu bleiben. Setz dich, dann gibt's eine Tasse Kaffee!"

Der Holzhacker trat an den Tisch und warf Albert saure Blicke zu.

Miranda stand auf. „Ich geh jetzt in die Schule", sagte sie. „Es hilft alles nichts, ich muß lesen, was auf diesem Zettel steht."

„Ruf doch einfach an", schlug Lovisa vor.

Miranda hatte noch nie ein Telefon benützt, obwohl im Flur von Oberkirschberg ein Apparat hing. Sie hatte auch nicht vor, es jetzt zu versuchen.

„Ich geh lieber in die Stadt und les selbst, was da steht."

„Du traust dich bloß nicht, dort anzurufen", sagte Otto. „Und du traust dich nicht, die Wahrheit zu hören. Es ist einfacher, es auf einem Zettel abzulesen."

„Fahr doch mit uns in die Stadt", bot Albert an. „Wir nehmen das Auto."

„Dann komm ich zu früh", sagte Miranda. „Ich geh

lieber zu Fuß, dann muß ich nicht vor der Schule herumstehen und warten."

„Und wenn du nicht auf diesem Zettel stehst? Was machst du dann?" fragte Otto. „Fängst du dann an zu plärren?"

„Ich werd nicht plärren. Aber ich werd enttäuscht sein. Obwohl es vielleicht besser ist, in der alten Schule zu bleiben."

Miranda ging auf die Tür zu. Sie hatte das hübsche Kleid an, das Lovisa für sie genäht hatte – das grüne mit den weißen Blümchen. Es war so schön wie ein richtiges Prüfungskleid. Und das heute kam ihr wie eine Prüfung vor – wie ein Zeugnistag. So ein Zeugnis, wie Herr Bengtsson ihr gegeben hatte – mit Auszeichnung –, würde sie natürlich nie mehr bekommen.

Lovisa stellte Oskar auf den Boden und begleitete Miranda auf die Treppe hinaus. Dort umarmte sie Miranda ganz fest. „Viel Glück, mein Kind! Am liebsten würde ich dich begleiten, aber ich kann Oskar ja nicht allein lassen. Ganz gleich, wie das Ergebnis ausfällt – du hast dein Bestes getan!"

Sachte ging Miranda auf die Stadt zu. Sie hatte keine Eile, einen Zettel anzuschauen, auf dem ihr Name ohnehin nicht stand.

Ein Gör vom Eselsberg

Wenn man richtig froh ist, will man seine Freude mit jemandem teilen. Man will es jemandem erzählen, der genauso froh wird wie man selbst. Und man kann es kaum abwarten, seine Freude zu teilen.

Miranda stand vor der Oberschule. Das Schulgebäude war prächtig – fast wie ein Schloß sah es aus, mit Zinnen und Türmen. Und die Sonne schien auf die Schule – auf Mirandas Schule, in der sie in einer Woche anfangen würde.

„Ich hab die Aufnahmeprüfung bestanden", flüsterte sie vor sich hin. „Ich steh auf dem Zettel. Ich bin reingekommen."

Die beiden Jungen, die mit ihr die Aufnahmeprüfung gemacht hatten, gingen an ihr vorbei. Nur einer von ihnen hatte auf dem Zettel gestanden, Miranda wußte aber nicht, wer. Allerdings konnte man es ihnen ansehen. Natürlich war es der mit dem fröhlichen Gesicht, der die Prüfung bestanden hatte.

Die beiden Jungen blieben vor ihr stehen.

„Du bist reingekommen", sagte der frohe. „Freust du dich?"

„Klar freu ich mich."

„Mir ist es egal", sagte der frohe. „Ich hab gewußt, daß ich nicht reinkommen würde. Mein Vater hat mich gezwungen. Jetzt darf ich statt dessen in eine Privatschule gehen. Das kostet viel mehr."

„Sein alter Herr ist reich", erklärte der mit dem ernsten Gesicht. „Mein Vater dagegen kann sich die Oberschule kaum leisten."

„Kostet es denn etwas, in diese Schule zu gehen?" fragte Miranda.

„Hast du das nicht gewußt? Jedes Schuljahr kostet etwas."

Die Jungen gingen weiter. Plötzlich war Miranda nicht mehr so froh wie vorher. Sie hatte ja keine Ahnung gehabt, daß es Geld kostete, in die Oberschule zu gehen. Konnte Lovisa sich das überhaupt leisten? Vielleicht wußte sie es gar nicht! Vielleicht würde sie einen Rückzieher machen, wenn sie erfuhr, wie teuer es war!

Miranda begab sich nicht auf dem kürzesten Weg nach Oberkirschberg zurück. Als allererstes wollte sie es Mama erzählen. Jetzt mußte Mama die vielen Stunden bei Herrn Bengtsson doch endlich gutheißen. Jetzt mußte Mama begreifen, wie tüchtig Miranda gewesen war.

Vor der Badeanstalt zögerte sie. Wie sollte sie Mama hier in diesem großen Gebäude überhaupt finden? Sie konnte ja nicht einfach durch die Badezimmer rennen und lauter nackte Leute aufschrecken. Sie betrat einen großen Raum mit einer Eintrittskasse in der Mitte, in der eine ältere Dame thronte.

„Ich möchte gern Elvira Jönsson sprechen."

Die Dame drückte auf eine Klingel. Zweimal mußte sie klingeln, bevor Mama den Kopf durch eine Tür neben der Kasse herausstreckte.

„Was ist denn los?"

„Du hast Besuch", sagte die Eintrittsdame.
Da erblickte Mama Miranda. „Ach du lieber Himmel, was willst du denn?"
„Ich möchte mit dir reden. Ich hab was zu erzählen."
„Herrje, ich hab keine Zeit, mach schnell!"
Mama zog Miranda in einen Flur, von dem viele Türen abgingen. Es roch nach Seife und Dampf. Sie setzten sich auf eine Bank zwischen zwei Türen.
„Ich schrubbe gerade einem Badegast den Rücken", sagte Mama. „Muß so schnell wie möglich zurück, bevor das Wasser kalt wird. Was willst du? Was ist passiert? Ist irgendwas mit Otto?"
„Ich wollte dir nur sagen, daß ich reingekommen bin."
„Reingekommen? Wo bist du reingekommen?"
„In die Oberschule ... Hab die Aufnahmeprüfung bestanden. Ich werd in die Oberschule gehen."
Mama hätte ruhig ein froheres Gesicht machen können. „Oh, tatsächlich, wie schön ... Da bist du wohl zufrieden?"
„Ja, ich bin zufrieden. Und ich hab geglaubt, daß du dich darüber freuen würdest."
„Natürlich freu ich mich. Eine Tochter zu haben, die in die stinkfeine Oberschule geht! Unglaublich! Tüchtig von dir. Das hätte ich nicht geglaubt. Ein Gör vom Eselsberg ..."
„Möchtest du, daß ich wieder auf den Eselsberg ziehe?"
„Das willst du ja sowieso nicht. Dir geht es bei Lovisa doch gut."

„Aber ich frage dich, ob du es willst."
„Du weißt, daß ich dich bei mir haben will. Aber wie die Dinge jetzt liegen ... Vielleicht heirate ich Hilmer doch. Und du willst ja nicht mit ihm zusammenwohnen. Er ist übrigens bereits auf den Eselsberg gezogen. Jetzt muß ich flitzen, bevor der Alte in seiner Badewanne erfriert. Besuch mich bald."

Mama umarmte sie und rannte davon. Miranda blieb sitzen. Sie fühlte sich enttäuscht und traurig.

Dann stand sie auf und eilte hinaus.

Ein frohes Kind

Miranda war draußen vor der Stadt gewesen und hatte Blumen gepflückt. Viel gab es so spät im Sommer nicht mehr zu pflücken, vor allem Hornklee und Vogelwicke. Die Blumen wollte sie Herrn Bengtsson bringen. Er würde ihre Freude teilen können.

Doch als sie bereits am Glockenstrang zog, fiel es ihr plötzlich wieder ein. Herr Bengtsson sollte ja operiert werden. Vielleicht war er immer noch im Krankenhaus. Sie hätte lieber gleich dorthin gehen sollen.

Die Mutter öffnete die Tür. Miranda erkannte sie kaum wieder. Sie sah krank aus – ihr Gesicht war wie versteinert. Sie starrte Miranda wie eine Fremde an.

„Ich wollte Herrn Bengtsson einen schönen Gruß ausrichten", sagte Miranda.

„Lieb von dir", sagte die Mutter mit seltsam eintöniger Stimme. „Er ist sehr krank."

„Ich wollte mich bei ihm bedanken", sagte Miranda. „Er hat mir so viel beigebracht. Diese Blumen sind für ihn."

Sie reichte der Mutter die Blumen. „Danke", sagte die Mutter. „Ich werde sie ins Krankenhaus mitnehmen. Er wird sich bestimmt freuen, wenn er hört, daß sie von dir sind."

„Richten Sie ihm bitte aus, daß ich die Aufnahmeprüfung bestanden habe."

„Das werde ich ihm sagen, aber momentan kann man nicht mit ihm reden." Die Mutter schob die Tür zu.

„Hoffentlich wird er wieder gesund", sagte Miranda. „Das hoffe ich von ganzem Herzen."

Doch das hörte die Mutter wahrscheinlich nicht mehr.

Sachte ging Miranda durch die Stadt. Jetzt war Lovisa noch die einzige, die ihre Freude teilen konnte. Aber sie selbst war gar nicht mehr so froh. Es war, als würde die Freude schrumpfen, wenn niemand sie mit einem teilte.

Miranda mußte so schnell wie möglich nach Hause zu Lovisa.

Da kamen ihr der Maler und Py entgegen. Sie blieben beide vor ihr stehen und strahlten sie an. „Wie schön, dich zu sehen, Miranda", sagte Py. „Wo hast du denn gesteckt? Du wolltest uns doch besuchen. Wir haben auf dich gewartet."

„Was macht die Malerei?" fragte der Maler. „Ich wollte dir doch helfen."

„Willst du das wirklich?"

„Das habe ich doch gesagt. Wir haben von ganzem Herzen gehofft, daß du uns wieder besuchst."

„Ja, und wir waren fast enttäuscht, daß du nicht Erlands Tochter warst", sagte Py. „Wir hätten uns gefreut, wenn du unser Kind geworden wärst."

„Ich hätte mich auch gefreut. Dann hätte ich euch gleich erzählen können, daß ich die Aufnahmeprüfung in die Oberschule bestanden habe. Die Prüfung war auch der Grund, warum ich keine Zeit zum Malen hatte. Aber jetzt werd ich wieder damit anfangen."

„Nein, so was, du hast die Aufnahmeprüfung geschafft!" rief Py aus. „Wie tüchtig von dir! Das müssen wir unbedingt feiern. Komm, wir gehen in die Konditorei."

Und dann saß Miranda mit Erland und Py in der feinsten Konditorei der Stadt und futterte zwei große, herrliche Stücke Sahnetorte. Mehr brachte sie nicht herunter, obwohl Erland und Py sie dazu aufforderten, doch mehr zu essen, und sie selbst auch gern mehr Kuchen in sich reingestopft hätte.

Als sie sich trennten, hatte Miranda versprochen, recht bald wieder in die Heidekate zu kommen. Im Winter würden der Maler und Py nach Stockholm ziehen, und zuvor wollte Erland ihr noch möglichst viel beibringen.

Auf dem Heimweg war Miranda wieder guter Dinge. Jetzt freute sie sich darauf, Lovisa alles erzählen zu dürfen, und begann, vor sich hin zu singen.

Da kam Lovisa ihr mit Oskar im Kinderwagen entgegen. „Wo hast du bloß gesteckt?" fragte Lovisa.

„Ich hab doch schon so auf dich gewartet, um zu erfahren, wie es gegangen ist ..."

„Entschuldige ..., aber es gab so viele, denen ich es erzählen mußte."

„Du hättest es zuallererst mir erzählen sollen", sagte Lovisa. „Ich hab mir Sorgen gemacht. Ich glaubte, du seist durchgefallen und würdest dich nicht nach Hause trauen."

„So feige bin ich nicht", sagte Miranda. „Aber ich habe bestanden."

„Ach, mein Schatz, wie freu ich mich darüber!"

Lovisa nahm sie fest in die Arme. Oskar begann zu quengeln, um mitzuteilen, daß er für Kinderwagen, die stillstanden, überhaupt nichts übrig hatte.

„Komm mit in die Stadt", sagte Lovisa. „Oskars Mutter hat angerufen. Sie hat Heimweh nach ihm, und inzwischen hat sie auch ein gutes Kindermädchen gefunden. Eine zuverlässige ältere Person."

„Klingt langweilig", meinte Miranda. „Oskar wird mir fehlen, aber für dich war es zu anstrengend. Du hast ja gar keine Zeit mehr für den Webstuhl gehabt."

„O doch, wenn ein fröhliches Kind neben einem auf dem Boden sitzt, kann man besonders gut weben", sagte Lovisa.

„Dann werd ich ab jetzt neben dir auf dem Boden sitzen und dein fröhliches Kind sein", sagte Miranda.

Wir warten auf dich

Miranda überquerte den Hof, um im Hühnerhaus nach Eiern zu suchen. Da sah sie den Mann draußen auf dem Weg. Er stand ganz still da und starrte Oberkirschberg an. Wenn ein Mensch nur so dasteht und guckt, kommt es einem irgendwie komisch vor.

Miranda eilte ins Hühnerhaus. Sie fand vier Eier, die sie in ihren Korb legte. Dann blieb sie noch ein Weilchen hinter der Tür stehen, in der Hoffnung, daß der Mann verschwunden wäre, wenn sie herauskäme.

Aber er war noch da. Inzwischen hatte er sich auf einen Stein am Wegrand gesetzt. Was wollte er? Warum saß er so da und guckte und guckte? War er ein Landstreicher? Oder ein Dieb? Miranda begann zum Haus rüberzurennen.

Da rief er hinter ihr her. „Hallo, du da!"

Jäh blieb sie stehen. Am liebsten wäre sie reingegangen, um Lovisa zu holen.

„Komm mal her. Ich möchte mit dir reden", sagte der Mann.

Miranda stellte den Korb ab und ging sachte aufs Tor zu. Der Mann stand auf und kam ihr entgegen. Sie hatte nicht vor, ihn hereinzulassen. Bestimmt war er ein Landstreicher. Seine Kleider sahen abgerissen aus, aber um den Hals hatte er ein farbenfrohes Halstuch. Und den Hut hatte er keck in den Nacken geschoben. Genauso kamen die Kesselflicker immer daher. Allerdings hatte er weder den großspurigen Gang noch die flinken, fidelen Augen der Kesselflicker.

Er lehnte sich ans Tor. Offensichtlich hatte er nicht vor hereinzukommen.

Miranda sah ihn fragend an.

„Wohnst du hier?" fragte er.

Sie nickte.

„Lebt der alte Bauer noch? Malm ..."

„Der ist tot."

„Dann ist der Hof vielleicht verkauft?"

Es gefiel Miranda gar nicht, daß er soviel fragte. Am liebsten wäre sie davongelaufen. Bestimmt sah Lovisa es nicht gern, daß sie hier stand und sich mit einem Fremden über Oberkirschberg unterhielt.

„Der Hof ist nicht verkauft", sagte sie leise.

„Wem gehört er denn jetzt? Einem der Söhne?"

„Er gehört allen zusammen."

„Und wer wohnt hier?"

„Lovisa ... Am besten fragst du sie selbst. Ich weiß nicht so gut Bescheid über den Hof."

Miranda drehte sich um und wollte gehen. Aber er versuchte sie zurückzuhalten.

„Ist Lovisa verheiratet?"

„Nein."

Inzwischen war sie mehrere Schritte von ihm entfernt. Vielleicht war er ein neuer Holzhacker ..., einer von denen, die hinter Lovisa her waren. Wenn man einen Hof besitzt, kann man sich vor lauter Mannsbildern nicht retten.

„Warum hast du es so eilig?" fragte er. „Bleib doch noch ein bißchen."

„Ich hab nichts zu erzählen. Bin noch neu hier."

„Bist du die jüngste Magd?"

„Hier gibt's keine Mägde. Das Land ist an einen Bauern verpachtet. Wir haben keine Kühe, nur Hühner und Schweine."

„Wir?" sagte er. „Wer bist du denn?"

Darauf hatte Miranda nun wirklich keine Lust zu antworten. „Hab keine Zeit mehr, muß die Eier reinbringen."

„Die laufen dir nicht weg", sagte er. „Erzähl von Lovisa. Lebt sie alleine?"

„Sie hat mich. Das genügt. Andere Leute brauchen wir nicht."

„Du bist mir vielleicht eine rabiate kleine Person!" lachte er.

Er gefiel ihr viel besser, wenn er fröhlich aussah. Wenn er lachte, entstanden kleine Fältchen um seine Augen. Aber eine echte Freude kam dennoch nicht in ihnen auf.

Plötzlich tauchte ein schwindelerregender Gedanke in Mirandas Kopf auf. „Warum fragst du soviel?" wollte sie wissen. „Kennst du Lovisa?"

„Vor langer Zeit hab ich mal hier gearbeitet. Und jetzt hat mich mein Weg zufällig hier vorbeigeführt."

„Bist du ein Künstler?"

Er lachte wieder – ein kleines, trauriges Lachen. „Was für eine Frage! Warum sollte ich ein Künstler sein? Obwohl ... Vor langer Zeit war das mal mein Traum, aber ich war nicht stark genug. Es wurde nichts daraus. Und aus mir wurde auch nichts."

Miranda wurde es schwer ums Herz. Jetzt wußte sie Bescheid. Sie versuchte ihn zu trösten. „Vielleicht hat dir niemand gezeigt, wie du es machen sollst. Vielleicht hast du das mit der Tiefe nicht gekonnt."

„Stimmt, das habe ich nicht gekonnt. Die Tiefe ist es, die mir fehlt."

„Ich könnte es dir beibringen", sagte Miranda. „Ich hab ein bißchen darüber gelernt. Später will ich nämlich Künstlerin werden."

„Gut", sagte er. „Ich glaube, das schaffst du. Du siehst so aus, als hättest du die nötige Willenskraft. Allerdings glaube ich kaum, daß du es mir beibringen kannst."

„Das weiß man nie. Möchtest du Lovisa treffen?"

„Nein", sagte er. „Im Augenblick nicht. Aber vielleicht komme ich zurück, wenn meine Verhältnisse etwas geordneter sind. Grüße Lovisa von Daniel."

„Das werde ich tun. Wann kommst du zurück? Dauert es noch lange, bis deine Verhältnisse geordneter sind?"

„Hoffentlich nicht ..."

„Wir werden auf dich warten", sagte Miranda.

„Danke", sagte er. Und dann ging er.

Miranda blieb stehen, bis er hinter der Wegbiegung verschwunden war. Dann nahm sie den Eierkorb und ging ins Haus.

Der Weg

Vorhin hatte sie Lovisa zum Abschied zugewinkt. An einem so außergewöhnlichen Tag wie heute hatte Lovisa sie ans Tor begleitet. Und jetzt lag der Weg still und sonnig vor ihr. Heute ging Miranda zum ersten Mal von Oberkirschberg aus zur Schule.

Aber sie ging nicht. Sie fuhr mit dem Fahrrad!

Ein funkelnagelneues Fahrrad hatte Lovisa ihr als Belohnung für die bestandene Aufnahmeprüfung geschenkt. Und es war Miranda nicht schwergefallen, das Radfahren zu lernen. Lovisa hatte den Sattel festgehalten und war nebenhergerannt, während Miranda auf dem Hof von Oberkirschberg im Kreis herum gestrampelt war. Jetzt hatte sie das Gefühl, als hätte sie ihr Leben lang nichts anderes getan als geradelt.

Es war ein herrlicher Tag. Sie war hübsch angezogen, hatte ein kariertes Kleid an und neue Schuhe. Aber das alles war gar nichts gegen das Fahrrad.

Jemand, der Fahrrad fährt, ist frei. Überallhin konnte sie jetzt fahren. Nie mehr brauchte sie lange, eintönige Wege entlangzutrotten.

Bald würde sie zum Maler radeln und ihm ihr neues Bild zeigen.

Die ganze vergangene Woche hatte sie an diesem Bild gearbeitet, und sie glaubte fast, daß es ihr gut gelungen war. Schon bevor sie angefangen hatte, hatte sie gewußt, daß das Bild *Der Weg* heißen sollte. Einen langen, langen Weg hatte sie gemalt. Und ganz hinten, wo der Weg verschwand, ging ein Mann. Man konnte nicht erkennen, ob er in das Bild hinein unterwegs war oder ob er verschwand. Das war das Gute daran. War man froh, hatte man das Gefühl, daß der Mann auf einen zukam. War man traurig, schien er sich zu entfernen.

Der Mann war ihr Vater, der Mann am Hoftor. Inzwischen wußte sie es ganz sicher. Es war Daniel gewesen, den Lovisa in jenem Sommer vor langer Zeit geliebt hatte. Sowohl Lovisa als auch Miranda glaubten, daß er irgendwann wiederkommen würde, wenn er geordnetere Verhältnisse hätte. Lovisa hatte es nicht bedauert, daß Miranda ihn hatte davonziehen lassen. Das war ganz in Ordnung so. Sie konnte warten.

Inzwischen war Miranda in der Stadt angelangt, wo die Straßen voller Verkehr waren. Sie überlegte, ob sie absteigen und das Fahrrad schieben sollte. An den Verkehr war sie nicht gewöhnt. Doch so feige wollte sie nicht sein. Sie radelte weiter und hielt sich dabei möglichst dicht an den Gehweg.

Dann tauchte die Schule vor ihr auf, ihre schöne neue Schule. Der Hof war voller Kinder, großer und kleiner, älterer und jüngerer Kinder. Miranda hielt Ausschau nach bekannten Gesichtern. Es würde schrecklich werden, ganz allein in einer neuen Schule zu sein. Plötzlich entdeckte sie Harry, doch der stand mitten in einer Schar großer Jungen. Sie konnte unmöglich damit rechnen, daß er sie beachten würde.

Das Fahrrad kam in den Fahrradständer. Dort standen bereits viele Fahrräder, aber keines, das so neu und schön war wie ihres. Dann betrat Miranda den Schulhof. Eigentlich müßte Gull hier sein. Gull hatte gesagt, daß sie und Miranda zusammenhalten würden. Sie fürchtete sich genausosehr vor der neuen Schule wie Miranda. Aber von Gull war nichts zu sehen. Miranda stellte sich an die Schulhauswand und versuchte den Eindruck zu erwecken, als wäre sie gern allein. Warum kam Gull denn nicht? Hatte sie einen Rückzieher gemacht? Würde sie weiterhin daheim bei der Gouvernante Unterricht nehmen?

Bald würde die Schulglocke läuten. Ganz allein würde Miranda sich dann mit den anderen Kindern durch die Schultür drängeln und ihr Klassenzimmer suchen. Sie hatte jetzt bereits Heimweh nach ihrer alten Schule.

Da tauchte Gull auf. Ihr Vater begleitete sie. Es war ihr anzusehen, daß sie Angst hatte. Sie hielt ihren Vater fest an der Hand. Als die Schulglocke läutete, umarmte sie ihn und eilte in den Schulhof. Miranda ging ihr entgegen, und Gulls Gesicht begann zu leuchten. „Gut, daß du da bist", sagte sie.

Hand in Hand gingen sie in die neue Schule hinein.

„Miranda"
Serie von Kerstin Sundh

Miranda (Band 1)
Das Geheimnis der Perlenkette

Miranda (Band 2)
Ein ganz besonderes Geschenk

Miranda (Band 3)
Das wundersame Bild